Thommie Bayer
Einer fehlt

AF204612

Zu diesem Buch

Schubert und Paul sind beunruhigt. Ihr alter Freund Georg hat seine Frau Malin verloren – nun wird er vermisst, und nicht einmal seine Tochter weiß, wohin er geflohen sein könnte. Seit ihrer Studentenzeit kennen sich die drei, waren zusammen in Italien, haben das Leben und die Liebe gefeiert und leichte und schwere Zeiten miteinander geteilt. Vor allem die Jahre mit Carolin, in die sie alle verliebt waren. Und die sich schließlich für Schubert entschieden hat, den genialsten, aber auch unstetigsten unter ihnen. Georg, konzentriert und ein wenig entrückt von der Welt, entschied sich damals für Malin, der seine Freunde in tiefer Abneigung gegenüberstanden. Ohne zu zögern machen sich Paul und Schubert nach ihrem Tod auf nach Wien, um nach Georg zu suchen. Ihr Weg führt sie bis nach Ligurien und tief in die gemeinsame Vergangenheit.

»Thommie Bayer erzählt Geschichten, die sich leicht und amüsant lesen lassen, aber zum Nachdenken verführen.«
NDR Kultur

»Eine bewegende Ode an die Freundschaft.« *Hörzu*

Thommie Bayer, 1953 geboren, hat sich mit seinen Romanen und Erzählungen eine große Leserschaft erschrieben. Neben anderen erschienen von ihm die Romane »Das Glück meiner Mutter«, »Das innere Ausland« und der für den Deutschen Buchpreis nominierte Roman »Eine kurze Geschichte vom Glück«. Thommie Bayer lebt mit seiner Frau in Staufen bei Freiburg.

Thommie Bayer

Einer fehlt

Roman

Mehr über unsere Autorinnen, Autoren und Bücher:
www.piper.de

Wenn Ihnen dieser Roman gefallen hat, schreiben Sie uns unter Nennung des Titels »Einer fehlt« an *empfehlungen@piper.de*, und wir empfehlen Ihnen gerne vergleichbare Bücher.

Von Thommie Bayer liegen im Piper Verlag vor:
Eine Überdosis Liebe • Spatz in der Hand • Der Himmel fängt über dem Boden an • Einsam, zweisam, dreisam • Der langsame Tanz • Das Aquarium • Die gefährliche Frau • Singvogel • Eine kurze Geschichte vom Glück • Die frohe Botschaft abgestaubt • Aprilwetter • Fallers große Liebe • Heimweh nach dem Ort, an dem ich bin • Vier Arten, die Liebe zu vergessen • Die kurzen und die langen Jahre • Weißer Zug nach Süden • Seltene Affären • Das innere Ausland • Das Glück meiner Mutter • Sieben Tage Sommer • Einer fehlt

Inhalte fremder Webseiten, auf die in diesem Buch (etwa durch Links) hingewiesen wird, macht sich der Verlag nicht zu eigen. Eine Haftung dafür übernimmt der Verlag nicht. Wir behalten uns eine Nutzung des Werks für Text und Data Mining im Sinne von § 44b UrhG vor.

Ungekürzte Taschenbuchausgabe
ISBN 978-3-492-32128-0
Juni 2025
© 2024 Piper Verlag GmbH, Georgenstraße 4, 80799 München, *www.piper.de*
Für direkten Kontakt und Fragen zum Produkt wenden Sie sich an:
info@piper.de
Umschlaggestaltung: zero-media.net, München
Umschlagabbildung: FinePic®, München
Satz: Satz für Satz. Wangen im Allgäu
Gesetzt aus der Bembo
Gedruckt von ScandBook in Litauen
Printed in the EU

Oh all the Money that ever I had,
I spent it in good Company
       (»The Parting Glass« –
    Traditional aus Schottland)

Für Jone

Das Jahr ist wieder alt geworden. Ein Windstoß wird in absehbarer Zeit, in Tagen, nicht Wochen, die letzten leuchtenden Farben aus dem Bild wischen und nur graubraune Flicken eines Teppichs übrig lassen. Stare, Störche und Graugänse sind vorbeigezogen, das müde Grün der Weinberge und Rapsfelder mischt sich mit dem Nebel und wartet ergeben auf die Erstarrung des Winters.

Um von dieser Erstarrung nicht erfasst zu werden, träumt sich Paul in den Süden, nach Apulien, ins Veneto, nach Rom. Zu träumen ist ihm selbstverständlich, er hat zwei Drittel seines Lebens fernab der Wirklichkeit verbracht. Als professioneller Leser war er immer im eigenen Kopf unterwegs an Orten, die er sich vorstellen musste, in Leben, die er selbst nicht leben konnte, und an Grenzen, die man allenfalls im Schlaf überschreitet.

Und seit einem Jahr auch in der Erinnerung.

Die hat sich mittlerweile zu einer Kette verbundener Ereignisse gefügt: Jeder Fehler hatte Folgen, jedes

Unglück einen Grund, und jede Gnade war ein Lohn für sein Geschick. Eine weitgehende Fälschung also, ein aufgeräumtes Leben, in dem sich Kapitel an Kapitel reiht, kein Wort mehr zu viel oder ungenau ist, und kein Zufall mehr die Wendungen erklärt.

Manchmal allerdings ist die Grenze zwischen Erlebtem und Gelesenem so durchlässig, dass Paul sich beim Plagiieren ertappt und insgeheim Streichungen vornimmt, wenn er irgendeiner Anekdote ein Stück Literatur beigemischt hat. Als Lektor bei einem großen Verlag ist er durch Tausende von Texten gegangen, die sich wie Aerosole im Raum seiner Innenwelt verteilt haben und jederzeit dazwischenschieben konnten, mal als Gedanke oder Satz, mal als Ereignis oder Gefühl aus zweiter Hand.

Paul fährt den Computer hoch. Aber noch bevor er sich seiner morgendlichen Routine widmen kann, unerwünschte E-Mails löschen, erwünschte oder zumindest akzeptable beantworten, durch Facebook scrollen auf der Suche nach Nachrichten und sich dabei verlieren in den Bildern, Behauptungen und Befindlichkeiten, die seine heterogene Schar aus überwiegend virtuellen Freunden postet, ertönt die amerikanische Bahnübergangsglocke seines Mobiltelefons und lenkt seine Aufmerksamkeit vom großen Bildschirm auf den kleinen. Eine SMS von Schubert: *Ich glaube, wir müssen uns um Georg kümmern.*

Paul schreibt: *Was ist los?*

Es dauert keine dreißig Sekunden, bis Schubert antwortet: *Malin ist gestorben. Gestern.*

Lange Minuten vergehen, bis Paul klar wird, dass er

nur geradeaus starrt, nach draußen, durchs Fenster ohne irgendwas zu sehen außer Georgs Frau, der Schönheit, die sich nicht ein einziges Mal ihm gegenüber herzlich oder auch nur aufmerksam gezeigt hat. Seit fast vierzig Jahren kannte er sie, und bis auf wenige Gelegenheiten, bei denen man es längere Zeit miteinander aushalten musste, war sie zwischen Tür und Angel an ihm vorbeigehuscht. Wann immer Schubert und er kamen, war sie auf dem Sprung. Sie mochte Georgs beste Freunde nicht, weil sie Georg nicht mochte.

Warum sie ihn nie verlassen hat, ist ein Rätsel, dessen Lösung Paul schon lange nicht mehr interessiert. Georgs ergebene Liebe hätte jeden Versuch, ihre Kälte erklären oder verstehen zu wollen, zu einer Art von Verrat an ihm gemacht. Also blieben ihr Verhalten und Pauls Abneigung eine Art von Tabu.

Der nebelfeuchte Geruch von Holzrauch bringt Paul wieder in sein Arbeitszimmer zurück. Die Nachbarin hat ihren neuen Kaminofen in Betrieb genommen. Das Festnetztelefon klingelt, und das Display zeigt die Nummer von Schubert.

»Das ist furchtbar«, sagt Paul, nachdem er abgenommen hat, denn sie halten sich nie mit Begrüßungsformeln auf.

»Ja«, erwidert Schubert, »sie ist beim Zahnarzt gestorben. Von jetzt auf gleich. Der arme Zahnarzt. Stell dir das mal vor, er dreht sich kurz weg, um den Bohrer zu wechseln, und dann liegt da eine Tote.«

Paul schweigt, wie meist, wenn er mit Schubert telefoniert. An Gesprächen mit ihm muss man sich nicht übertrieben beteiligen. Und das Einzige, was er in diesem Moment hätte sagen können, schluckt er hinunter, denn Schubert auf seine Herzlosigkeit hinzuweisen, wäre Heuchelei, weil auch Paul sich eher schockiert als erschüttert fühlt.

»Ellen hat mich angerufen. Sie sagt, er klingt so fertig, dass sie Angst hat, er tut sich was an. Sie ist in Philadelphia und kann nicht sofort zurückfliegen, weil noch zwei Konzerte mit ihr als Headliner anstehen. In ihrem Vertrag gibt es kein Schlupfloch, sagt sie, sie müsste schon selber tot sein, um das Konzert zu canceln. Eine tote Mutter gilt nicht.«

»Hältst du das für möglich? Dass er sich was antut? Georg ist doch ein stabiler Mensch.«

»Na ja, manchmal sind es die Stabilen, die zusammenbrechen, weil sie nicht auf die Idee kommen, Hilfe zu suchen«, sagt Schubert. »Ellen kennt ihren Vater, sie sagt, so hat er noch nie geklungen. Tonlos, leblos. Ihre Angst um ihn schien mir sogar die Trauer um ihre Mutter zu überlagern. Oder es ist eine Art Übersprungshandlung.«

»Hast du ihn angerufen?«

»Er geht nicht ran. Ich hab's viermal probiert. Festnetz, Handy, E-Mail, keine Reaktion.«

»Kennst du irgendwen in Wien, der mal bei ihm vorbeigehen könnte?«

»Niemanden, der auch ihn kennt.«

Paul hat ein Bild vor Augen. Es ist aus einem Film. Oder aus mehreren Filmen. Ein Klischee. Eine Hand leert den Inhalt einer Pillendose in die andere, die wird zu einem Mund geführt, der mit großen Schlucken Wasser oder Alkohol alles hinunterschluckt.

»Ich hab einen Flieger um halb fünf, der landet um zehn vor sechs in Schwechat«, sagt Schubert, »kommst du auch? Mir wäre wohler mit dir an meiner Seite.«

Paul nickt nur, aber dann wird ihm klar, dass ein Kopfnicken am Telefon nicht funktioniert, also sagt er »Ja« und verspricht, sich per Handy zu melden, wenn er angekommen ist. »Kann spät in der Nacht werden«, sagt er noch, »ich nehm das Auto.«

»Dann bis gleich«, sagt Schubert, und »danke«, und dann legt er auf. Auch das ist Standard bei ihren Telefonaten: Schubert hat den Text und Schubert hat das Schlusswort.

Annik, die Nachbarin, ist schon zur Arbeit aufgebrochen, ihren hellgelben Beetle hat Paul beim Telefonieren vorbeifahren sehen. Er schreibt ihr einen Zettel, dass er für einige Tage wegmüsse, sie seine Post sammeln solle, er leider am Abend deshalb nicht kochen könne und die morgige Fahrt zum Bauhof mit dem gesammelten Laub ausfalle.

Nachdem er alle Heizkörper auf drei gedreht, den Koffer geschlossen, Mantel und Mütze daraufgelegt und alle Pillen in die Umhängetasche gepackt hat, überlegt er, ob es sinnvoll wäre, ein Buch mitzunehmen, entscheidet sich aber dagegen. Er wird nicht zum Lesen kommen.

Seit einem Jahr stapeln sich Bücher, die er noch einmal lesen will, auf dem Couchtisch, *Der Magus, Garp, Abspann, Der Meister und Margarita, Mister Aufziehvogel,*

Tom Sawyer und *Djamila,* aber die lang ersehnten Mußestunden des Rentnerlebens füllten sich mit Facebook, Netflix und Blogbeiträgen. Der Stapel ist zu einer immer leiser werdenden Mahnung mutiert, das wirkliche Lesen nicht zu vergessen, einer Art Dekoration, einem Accessoire, einem Zeichen, dem Paul keine Bedeutung mehr zugesteht.

Dabei war das der Plan fürs neue Leben gewesen. Endlich lesen, was er will, wofür die Zeit nie reichte, weil der Stapel dessen, was er lesen musste, nie zur Neige ging. Vielleicht braucht er einen anderen Plan, aber noch zeichnet sich keiner ab. Und noch hat er die Geduld, darauf zu warten, ohne schlechtes Gewissen und ohne Angst, in der noch immer ungewohnten Ruhe zu verkümmern.

Nachdem der riesige Wagen aus der Garage ist, klappt Paul die Seitenspiegel aus und legt die CD mit dem fünften Klavierkonzert von Beethoven bereit. Einlegen und starten wird er sie erst auf der Autobahn.

Nieselregen löst den Nebel ab auf der Fahrt hinunter ins Rheintal, und Paul freut sich, endlich wieder in Bewegung zu sein. Der Grund dafür ist denkbar traurig, und einstweilen hält er das Bild seines erschütterten Freundes noch fern, aber die vielen Kilometer, die nun vor ihm liegen, das Reisen an sich, tun ihm gut, als habe der kleine und ehemals mondäne Kurort, in dem er seit einem Jahr wohnt, der Alltag mit seinen gleichmäßigen Verrichtungen und das Alleinsein ihn gelähmt und falle diese Lähmung jetzt mit jeder Kurve, jedem Kreisverkehr und jeder überquerten Kreuzung von ihm ab.

Paul war nie allein bevor er sich entschloss, München zu verlassen. Nicht als Kind mit zwei Geschwistern, nicht als Schüler im Internat, nicht in den Wohngemeinschaften seiner Studienzeit und nicht in all den Jahren als Lektor, zuerst mit Carolin, seiner großen Liebe, und dann, nachdem sie die Stadt und ihn verlassen hatte und er sich wieder ins alte Wohngemeinschaftsfahrwasser gleiten ließ, weil er so die Hypothek für die Wohnung in der Münchner Maxvorstadt nicht in voller Höhe von seinem anfangs eher schmalen Gehalt abknapsen musste.

Nach Tilgung der letzten Rate war aus der anfangs nur pragmatischen Lösung längst eine Lebensart geworden, an der er nichts mehr auszusetzen hatte, sodass er einfach alles weiterlaufen ließ und sich vornahm, das Abenteuer des Alleinseins erst als Rentner zu wagen. Dann aber richtig. Verkauf der Wohnung, Umzug in eine Kleinstadt nahe der Grenzen zu Frankreich und der Schweiz, Nestbau ohne jeden ästhetischen oder praktischen Kompromiss und Leben in dem Rhythmus, der sich von selbst einstellt.

Ein Vierteljahr dauerte die Renovierung, bei der sich Paul als Handlanger nützlich machte, jeden Fortschritt im Blick behielt und jede Entscheidung vor Ort treffen konnte, sodass am Ende alle Lichtschalter in derselben Höhe, im selben Abstand von den Türrahmen und vor allem gerade angebracht waren, jeder in die Decke versenkte Halogenstrahler richtig saß, und die roten Bodenfliesen aus Italien wie ein karierter See durch die ganze Beletage flossen, als hätten sie ihre feste Form erst hinterher gebildet.

Nachdem die Umzugsfirma alles aus dem Münchner Lagerhaus gebracht hatte und er aus der Ferienwohnung aus- und ins fertiggebaute Nest eingezogen war, stand die Nachbarin abends mit Brot und Salz vor seiner Tür, und er lud sie spontan zum Essen und zur Einweihung des neuen Herds ein.

Ein paar Tage später revanchierte sie sich, und daraus erwuchs nach und nach die Routine, dass zweimal in der Woche er und zweimal sie kochte, sodass er nur an den Wochenenden abends wirklich allein war, weil sie dann zu ihrer Tochter nach Altkirch im Sundgau fuhr.

Ans Kochen hat er sich schon als junger Erwachsener gewöhnt. Carolin, die behauptete, nicht mal ein Ei hinzubekommen, hatte wenig Neigung gezeigt, zum Essen auszugehen, und er noch weniger, sich jeden Abend mit Schinkenbrot, Spiegelei oder allenfalls Spaghetti zufriedenzugeben. Ein paar zusammengesammelte Rezepte später war er ein passabler Koch geworden, nicht die Sorte, die sich mit handgeschmiedeten japanischen Messern an der kupferumrandeten Kochinsel spreizt, sondern einer, der in überschaubarer Zeit essbare Hausmannskost auf den Tisch bringt.

Carolin. Drei Jahre war sie geblieben und dann eine Woche vor ihrem fünfundzwanzigsten Geburtstag mit Georg nach Hamburg gezogen. Nach drei zermürbenden Nächten, in denen sie versuchte, zu erklären, dass Paul nichts falsch gemacht habe, dass es einfach passiert sei, dass sie ihn nicht verlieren wolle, er Georg nicht die Freundschaft kündigen dürfe, weil auch der ihn nicht verlieren wolle, half er ihr die Koffer zum Auto zu tragen, in dem Georg saß und das Lenkrad anstarrte.

Anfangs glaubte Paul an eine Episode, die nun eben vorbei sei, eine Phase unter anderen im Leben, die sich irgendwann den nachfolgenden angleichen würde. Was ihm in diesem Moment, in seiner fassungslosen Lähmung wie ein früher Tiefpunkt seines Lebens erschien, wäre später ein Mosaikstein, Teil des größeren Ganzen, aber die Jahre vergingen, Amouren und Bindungen, ernsthafte und spielerische, lösten einander ab, ohne dass sich jemals die Helligkeit und Wärme eingestellt hätten, die das Zusammensein mit Carolin auf ihn abgestrahlt hat.

Man liebt nur einmal, dachte er manchmal, und wenn das zu früh geschieht, dann dehnt sich die Ebene hinterher. Im Lauf der Zeit verstand er, dass all die Frauen, die er an sich heranließ, so verschieden sie auch sein mochten, eines gemeinsam hatten: Sie waren nicht Carolin.

Die Scheibenwischer haben ihre Arbeit eingestellt, aber die Fahrbahn ist noch nass, als er auf die Autobahn einbiegt. Paul beschleunigt auf Hundertzwanzig und stellt den Tempomaten ein, dann überlässt er die CD dem Laufwerk und sich der Musik.

Die großartige Anlage und der fast lautlose Motor haben den Ausschlag gegeben beim Kauf dieser Limousine. Die Schönheit und Eleganz der Inneneinrichtung und äußeren Form taten ein Übriges dazu, obwohl die Fahrten zum Supermarkt in Frankreich oder nach Basel ins Museum nicht gerade überlaut für so viel Platz und Luxus sprachen. Umso mehr ist ihm jetzt die Fahrt nach Wien als Begründung willkommen. Neun Stunden entspanntes Gleiten sind ein Argument.

Google Maps hat gezeigt, dass er neuerdings nördlich von München nach Linz weiterfahren kann und nicht mehr wie beim letzten Mal über Rosenheim und Salzburg muss, weshalb er den Impuls unterdrückt hat, über Zürich und Innsbruck zu fahren, obwohl das die schönere Strecke gewesen wäre.

Dieses Auto ist das einzige, das er je besessen hat. In der Kleinstadt, in der er aufgewachsen ist, gab es immer jemanden, der ihn mitnahm, in der Mittelstadt, in der er seinen Zivildienst absolviert hat, war es genauso, und in München, wo er schließlich landete, wäre ein eigener Wagen nur lästig und angesichts der glänzenden Möglichkeiten, mit U-Bahn, Bus oder Fahrrad überall hinzukommen, auch überflüssig gewesen.

Erst mit vierzig hat Paul den Führerschein gemacht, weil seine damalige Freundin Erbin einer Mietwagenfirma war und mit ihm den Gardasee, Verona und Venedig sehen wollte, ohne die ganze Zeit als Chauffeurin fungieren zu müssen. Nachdem die Liaison in die Brüche gegangen war, blieben die Vorzugspreise bestehen, sodass er weiterhin nach Herzenslust in alle

Richtungen verreisen konnte, ohne Plan und ohne große Vorbereitungen.

Am Rasthof Bühl nimmt er das erste und dritte Klavierkonzert aus ihren Hüllen, und als diese beiden verklungen sind, schwingt er sich schon die Kurven der Geislinger Steige hinauf. Für einen normalen Wochentag ist der Verkehr erstaunlich flüssig, sogar vor den beiden Baustellen, die er bis jetzt durchfahren und im Stuttgarter Raum, wo er fest mit Stau gerechnet hat.

Schon seit mehr als einer Stunde gleitet er unter blauem Himmel dahin, und langsam schiebt sich das Bild von Georg wie eine Folie über das Geschehen. Verzweifelt? Stumpf? Betrunken oder unter Tabletten, die alles in ein Dämmerlicht tauchen? Tot?

Wenn Georgs Tochter Ellen das für möglich hält, ist es nicht so leicht von der Hand zu weisen, wie Paul das instinktiv will. Er hat Georg nie hilflos erlebt. Cholerisch ja, impulsiv und fahrig, versteinert vor Schmerz, aber niemals kraftlos oder auch nur desorientiert.

∼

Als er auf ihn aufmerksam wurde, waren sie beide fünfzehn. In diesem Alter hat man die Einsamkeit schon kennengelernt und mit Glück einen Sinn für Seelenverwandte entwickelt.

Georg war neu in die Klasse gekommen, hatte die ersten Wochen während des Unterrichts nur aus dem Fenster oder vor sich hin geschaut, nie zur Tafel, zum Lehrer oder gar zu seinen Mitschülern, auf den Fluren hielt er den Kopf gesenkt und war nicht einmal durch

Rempler oder Sticheleien zum Aufblicken zu bewegen, und draußen wurde er sofort unsichtbar. Er schien sich, sobald er das Portal durchquert hatte, in Luft aufzulösen.

Irgendetwas an diesem neuen Mitschüler war bemerkenswert, sei es, dass er ein bisschen aussah wie James Dean, sei es, dass er so fremd und verloren unter den anderen wirkte, wie Paul sich selbst fühlte, was auch immer es war, es brachte ihn dazu, seinen Blickradius so einzurichten, dass dieser Fremdling, und sei es nur am Rande, darin auftauchte. Er beobachtete ihn.

Deshalb fiel ihm auf, dass Georg nach ein paar Wochen begann, während des Essens unauffällig Wurst und Schinken in ein Taschentuch zu sammeln. Danach sah Paul ihn im nahen Wäldchen verschwinden. Auf einmal war er, zumindest für Paul, nicht mehr unsichtbar. In einer Pause nach dem Mittagessen folgte er ihm, vorsichtig, in einigem Abstand, und fand ihn auf einem Baumstumpf sitzend neben einem zerzausten grau rot getigerten Kater, der sich gierig über das Essen hermachte, während Georg ihm Wasser aus einer olivfarbenen Feldflasche in ein vom Buffet gestohlenes Glasschälchen goss.

Der Kater zuckte zusammen und duckte sich fluchtbereit, als Paul auf einen Zweig trat, Georg blickte auf und sagte: »Bleib da, sonst haut er ab«, und Paul tat wie ihm geheißen.

»Du kannst dich hinsetzen«, sagte Georg, »dann bist du weniger bedrohlich«, und Paul folgte auch dieser Anordnung und sah dem jetzt wieder entspannten Kater zu, dessen Schnurren er über die vielleicht sieben

Meter Distanz hinweg hören konnte. Er zündete sich eine Zigarette an, die zwölfte in seinem Leben, er hatte erst vor einer Woche damit angefangen und musste manchmal noch husten. Diesmal nicht.

»Hast du mir auch eine?«, fragte Georg, und Paul warf ihm das Päckchen zu, schaffte es aber nicht über die ganze Distanz, sodass Georg aufstehen musste, um es dort, wo es gelandet war, abzuholen. Der Kater schaute nur kurz auf und fraß weiter. Offenbar vertraute er Georg und ließ sich auch von dessen schnelleren Bewegungen nicht aus der Ruhe bringen.

»Feuer«, kommandierte Georg, und Paul warf ihm sein Zippo zu. Diesmal passte die Distanz und vor allem das Gewicht des Feuerzeugs, und Georg fing es lässig auf.

»Was machst du hier?«

»Sehen, wen du fütterst.«

»Wenn du es jemand sagst, bist du tot.«

»Ich kann mitsammeln, wenn du willst, das Zeug schmeckt sowieso scheiße.«

»Gut«, sagte Georg, »Darius braucht Abwechslung von den ewigen Mäusen und Vögeln.«

Sie schwiegen eine Zeit lang und schauten jeder woandershin, Paul auf den Kater, der sich jetzt putzte, und Georg in Richtung der Dünen, die sich an das Wäldchen anschlossen.

»Warum bist du hier?«, fragte Georg schließlich ohne den Kopf zu drehen.

»Hier im Wald oder hier in der Schule?«

»Schule.«

»Ich hab Asthma, und der Arzt sagt, es geht vielleicht für immer weg, wenn ich eine Weile hier bin. Und du?«

»Meine Alten lassen sich scheiden, und ich bin im Weg.«

»Sie wollen dir den Scheidungskrieg ersparen.«

»Eher wollen sie sich meine Gegenwart ersparen. Ich würde sie nur vom Wesentlichen ablenken, sich nämlich Sachen an den Kopf zu werfen. Echt und metaphorisch.«

Der Kater streckte sich. Zuerst die Vorderbeine, dann die Hinterbeine, dann rieb er seinen Kopf an Georgs Bein.

»Müsste er nicht eine Perserkatze sein, wenn er Darius heißt?«

»Müsstest du nicht an deinen Hausaufgaben sitzen, wenn du ein Streber bist?«

»Wieso Streber?«

»Weil du weißt, dass Darius ein persischer König war.«

»Da du es auch weißt, bist du auch einer.«

»König?«

»Streber.«

»Asthma und Rauchen passen übrigens nicht supergut zusammen.«

Georg grinste, Paul zuckte die Schultern, und der Kater putzte sich wieder. Dann stand er auf und kam herüber zu Paul, schnupperte an dessen Knie, dann an seiner Hand, dann legte er eine Pfote auf Pauls Oberschenkel und nahm ihn damit offiziell in den Geheimbund auf.

Am Rasthof Edenbergen kurz vor Augsburg nach einem Teller Fish and Chips und einem Espresso stellt Paul sein Navi ein und vergewissert sich, dass die Strecke tatsächlich im Norden von München nach Linz führt. Der Himmel ist jetzt wieder grau und niedrig. Novemberwetter, wie es sich gehört und dem Anlass angemessen ist.

Vielleicht hat Georg so viel zu tun, dass er nicht dazu kommt, in Trauer zu versinken. Beerdigungsinstitut, Friedhofsverwaltung, Notar, Standesamt – Paul weiß nicht genau, was in so einem Moment zwingend erforderlich ist, weil er nie damit befasst war. Sowohl beim Tod der Eltern als auch seiner beiden Brüder musste er nur zur Beerdigung erscheinen und hinterher irgendwelche Papiere unterschreiben, weil immer jemand anderes da war, der die bürokratischen Prozeduren in die Hand nahm.

In wenigen Stunden wird Schubert da sein und nach dem Rechten sehen, dann sollte zumindest die Unsicherheit ein Ende haben.

Schubert war derjenige, der die Nerven behielt, wenn Georg vorschnell alles hin- oder umschmeißen wollte oder Paul verbissen auf etwas beharrte, das man längst hätte drangeben können. Als Freundestrio hatten sie zwar keinen Anführer, aber Schubert kam dieser Rolle am nächsten, einfach weil er niemals blind wurde, nicht vor Kummer, nicht vor Angst und nicht vor Zorn.

Paul und Georg studierten in München und waren am zweiten Tag der Semesterferien auf dem Weg nach Rom, als sie Schubert am Brennerpass auflasen. Nicht aus Altruismus oder antibürgerlicher Solidarität, sondern weil Georg in der Nacht vor ihrer Abfahrt nicht geschlafen hatte und kaum noch die Augen offen halten konnte. Sein staubgelber Ford-Transit fuhr mit Ach und Krach Hundertzwanzig, sie wollten am Abend des nächsten Tages ein Konzert im Park der Villa Borghese besuchen, und es wurde langsam klar, dass das ohne Fahrerwechsel nicht zu schaffen sein würde.

»Wenn er den Lappen hat, darf er mit«, sagte Georg, als sie den Mann mit Gitarrenkoffer an der Ausfahrt einer Esso Tankstelle bemerkten, deren riesiges, damals schon veraltetes Plakat mit *Pack den Tiger in den Tank* weithin zu sehen gewesen war und Georg zu einem unwillkürlichen Blick auf die Tankuhr veranlasst hatte. Er hielt an und bedeutete Paul mit einem Nicken, dass er das Fenster herunterkurbeln sollte.

»Frage eins«, sagte Georg über Paul hinweg zu dem Tramper, der mit hoffnungsvollem Gesichtsausdruck herangekommen war, »wo soll's hingehen?«

Der Tramper deutete nur mit dem Daumen über die Schulter in die Fahrtrichtung.

»Frage zwei: Hast du einen Führerschein?«

»Ja«, sagte der Mann und strich sich eine Strähne seines fast schulterlangen Haars aus der Stirn.

»Dann vielleicht noch Frage zweieinhalb«, sagte Georg und drehte den Zündschlüssel, sodass der Motor ausging, »löst du mich am Steuer ab?«

»Klar.«

Sie stiegen aus und packten den wertvoll und professionell aussehenden Fiberglasgitarrenkoffer und den wesentlich bescheideneren Seesack des Mannes auf die Ladefläche hinten im Wagen, dann ließen sie ihn durch die Schiebetür zur zweiten Sitzreihe einsteigen, Georg setzte sich wieder ans Steuer und sagte, er halte noch bis Sterzing durch, dann müsse Wieheißeernochgleich weiterfahren.

»Schubert«, sagte der Tramper, »nicht wirklich, aber ich kann gut Klavier spielen, deshalb nennen mich alle so.«

»Interessantes Klavier«, fand Georg mit einer Kopfbewegung in Richtung des Gitarrenkoffers.

»Gitarre kann ich nicht so gut, aber für Straßenmusik reicht's.«

»Georg«, sagte Georg mit einem Daumen auf sich gerichtet, und »Paul«, diesmal mit dem Zeigefinger auf seinen Nebenmann.

»Enchanté«, sagte Schubert.

»Polyglott ist er auch noch«, sagte Georg grinsend.

»Si«, erwiderte Schubert ebenso grinsend, »parlo anche Inglese«, und fragte, jetzt wieder auf deutsch, wohin sie wollten.

Georg deutete noch immer grinsend nach vorne, in die Fahrtrichtung. Schubert war dem Geplänkel gewachsen und sagte: »Drei Männer, ein Ziel. Uns hat das Schicksal zusammengeführt.«

Paul, der sich zwar amüsierte, aber nicht nur Publikum sein wollte, sagte: »Rom. Wir wollen eine Band hören.«

»Welche?«

»Stormy Six, italienische Politrock-Avantgarde. Schräg, aber gut.«

Georg fuhr noch ein paar Kilometer, dann gab er auf, wechselte den Platz mit Schubert und war bereits eingeschlafen, als dieser den Blinker setzte und losfuhr.

Paul erfuhr, dass Schubert sich erst vor Kurzem in Stuttgart an der Musikhochschule eingeschrieben hatte, und antwortete, er und Georg studierten in München Germanistik und Malerei, und Schubert sagte wieder »Schicksal. Künstlertrio«, und grinste. Sie unterhielten sich, mit Pausen natürlich, bis zum Gardasee über ihre Pläne, Paul würde schreiben, Romane und vielleicht Reiseführer, Schubert wollte später noch Tontechnik studieren in Nürnberg, weil er fand, dass man den ganzen Weg erkunden sollte, bevor man ihn beschritt.

»Den Weg erkunden, ohne ihn zu beschreiten? Wie soll das gehen?«, fragte Paul, und Schubert sagte: »Ja klar. Schiefes Bild. Gut erkannt. Du wirst es noch weit bringen.«

Dem war dann nicht so. Alle Versuche, etwas auf Papier zu bannen, scheiterten daran, dass präzise Wortwahl und ein avanciertes Stilgefühl noch lange keine Geschichte ergaben. Allenfalls fand sich mal ein Gedanke darunter, eine Beschreibung oder Reflexion, aber niemals entstand Bewegung oder Charakter, niemals ein Sog oder Schwung – Paul war einer, der wusste, wie es geht, und vielleicht gerade deshalb gelang es ihm nicht.

Als er kurz vor dem Examen dann ein Praktikum im Verlag machte, entdeckte er in sich den Begleiter, den Sidekick, den Autoren brauchten, um ihre partielle Betriebsblindheit zu kompensieren, und merkte, dass er damit glücklich war. An einem guten Roman mitzuarbeiten war besser, als einen schlechten zu schreiben.

Heimweh ist es nicht, dafür ist der zeitliche Abstand wohl noch zu kurz, aber ein Gefühl des Aufgehobenseins, der Selbstverständlichkeit weht Paul an, als er sich München nähert. Es kommt ihm vor, als atme er bekannte Luft und höre bekannte Geräusche. Das stimmt natürlich nicht, denn er hat weder die Fenster unten, noch klänge, wenn er sie hören würde, die Autobahn anders als in jeder urbanen Peripherie. Es ist nur das Wissen, dass er so lange Zeit in dieser Stadt gelebt hat und jetzt eine untergründige Anziehungskraft ignorieren muss, um sich vom Navi daran vorbeidirigieren zu lassen.

Dass es ihn und Georg nach München verschlagen hat, war eine der glücklichen Fügungen in Pauls Leben. Nicht nur, weil er dort auf Carolin getroffen ist und so geschmeidig vom Praktikum in die Stelle als Lektor gleiten konnte, sondern auch, weil sich sein Entschluss, die sonnige Altbauwohnung in der Augustenstraße nicht zu mieten, sondern zu kaufen, am Ende als Investition mit absurd hohem Gewinn erwies. Zweihundertdreizehntausend Mark hatte sie gekostet, und achthundertvierzigtausend Euro gebracht. Eine knappe Hälfte des Geldes besaß er damals schon als Erbe von seinen Eltern, die kurz nacheinander gestorben waren, der Vater mit siebenundsechzig an einer Staublunge, die er seiner Schreinerei verdankte, und die Mutter mit neunundsechzig an einem Herzstillstand, dem keine erkennbare Krankheit vorausgegangen war. An gebrochenem Herzen, wie man damals sagte.

Sie hatten eine gute Ehe geführt, ihren Söhnen einen guten Start ermöglicht, sich nicht von deren pubertären Selbstgerechtigkeitsexzessen erschüttern lassen und nicht einmal Dankbarkeit eingefordert dafür, dass sie selbst bescheiden lebten, damit Musikunterricht für Wolfgang, Tennis für Ingmar und das Internat an der Nordsee für Paul bezahlt werden konnten.

Paul hat um beide getrauert. Er hätte ihnen gern noch etwas zurückgegeben. Reisen vielleicht, die sie sich selbst nicht gegönnt hatten, ein Original von Horst Janssen, den sein Vater so liebte, oder eine Käthe-Kruse-Puppe für seine Mutter. Aber er war damals noch nicht so weit, sich so etwas leisten zu können. Sie starben zu früh.

~

Es war folgerichtig, mit Georg nach München zu ziehen. Seit der Darius-Verschwörung waren sie unzertrennlich, hatten sich als Außenseiterduo etabliert und einen gewissen Status erlangt. Als Schüler sammelten sie in fast allen Fächern schlechte Noten, nur in Deutsch und Englisch gelang Paul alles, und Georg glänzte in Mathematik, Sport und Geschichte. Seltsamerweise nicht in Kunst, niemand hätte vorausgesagt, dass er einmal Professor an der Wiener Akademie sein würde, aber das lag daran, dass im Kunstunterricht nicht Kunst gemacht, sondern betrachtet wurde. Das Abitur schaffte nur Paul, mit Mühe und einem Schnitt von Drei-Komma-Neun, während Georg achselzuckend scheiterte.

Für das Studium der freien Malerei reichte Talent, das Abitur brauchte nur, wer Kunsterzieher werden wollte. Und in die Schule zurückzugehen, ohne Paul und ohne Horizont, wäre das Letzte gewesen, was Georg wollte.

Nachdem er die Aufnahmeprüfung im zweiten Anlauf geschafft hatte, stand er eines Vormittags in der Krankenhauswäscherei, in der Paul seinen Zivildienst ableistete, und sagte: »Wir ziehen nach München.«

»In dieses Kaff willst du?«, sagte Paul.

»Auf die Stadt kommt's doch nicht an. Sie haben mich angenommen. Darauf kommt's an. Und das hier ist auch ein Kaff, oder?«

»Hier will ich ja auch nicht bleiben, entweder ich geh nach Berlin, oder Marburg, oder Heidelberg, oder Tübingen, da geht's ab.«

»Quatsch, du kommst mit mir. Deine Literatur kannst du überall studieren. Wir können zusammenwohnen, und ich schlepp die Mädchen an. Vergiss nicht, dass du ohne mich noch Jungfrau wärst.«

Das war ein Argument. Georg war furchtlos und sah

gut aus, er hatte es leicht, weibliche Gesellschaft zu akquirieren, während Paul so schüchtern war, dass man ihn für überheblich und verschroben hielt. Er brauchte Georg, wenn er diesen Teil des Lebens nicht einfach weglassen wollte, und das wollte er keinesfalls – es war der wichtigste Teil überhaupt.

Es gab immer mal eine Schwester oder Freundin, die mitkam, wenn Georg wieder eine Eroberung gemacht hatte, und manchmal erbarmte diese sich, und wenn es nur war, um die Zeit herumzukriegen, während der Georg und seine Flamme miteinander beschäftigt waren. Über Bücher und Filme zu reden war nicht so abendfüllend, wie Paul glaubte. Dreimal hatte das bis dahin schon geklappt.

Sie waren zur selben Zeit fertig, Paul mit Zivildienst und Georg mit der Bundeswehr, und zogen nach München, wo sie in einem ehemaligen Schneiderladen in Haidhausen wohnten, bis Paul den Terpentingeruch und die ständig laufende Musik nicht mehr aushielt. Georg wollte nicht in der Akademie malen, weil sich dort vier Studenten einen Klassenraum teilten, in dem immer nur Steve Reich, Arvo Pärt und Philip Glass lief und eine militante Nichtraucherin ständig die Fenster aufriss. Er ging nur zum Aktzeichnen und zu den Mappenterminen hin.

Mit Terpentin in der Nase und Can oder Kraan oder Genesis im Ohr konnte nun aber Paul weder lesen noch nachdenken, also setzte er sich tagsüber in die

Bibliothek oder die Maximiliansanlagen und kam erst abends in die Wohnung zurück.

Er war froh, schließlich das WG-Zimmer in der Augustenstraße von einem Kommilitonen übernehmen zu können, und ignorierte den besserwisserischen, von Enver Hodscha besessenen Mitbewohner Karl so gut es ging. Die in sich gekehrte und zugleich seltsam aufmerksam wirkende Psychologiestudentin, die nach einem halben Jahr einzog, tat das ebenso und wurde eine stillschweigende Komplizin beim Ausblenden der ständigen Geschwätzlawinen des angehenden Soziologen. Sie hatte dunkles Haar und blaue Augen. Und sie war schön. Und sie hieß Carolin.

Und sie war die erste Frau, der das Reden über Bücher genauso abendfüllend erschien wie Paul. Sie hatte immer ein Buch zumindest in Griffweite, aber meist aufgeschlagen vor sich liegen, ob sie in ein Marmeladenbrot biss, den Abwasch erledigte oder sich ihren dunkelblauen Dufflecoat mit Lederknöpfen überzog.

Paul, der anfangs angenommen hatte, sie studiere eben fleißig, war bald erstaunt, dass die Bücher, die sie las, nur in den seltensten Fällen mit Psychologie zu tun hatten. Er hätte Freud, Jung, Adler, Pearls und Watzlawick erwartet – die Namen kannte er von Ingmar, seinem Bruder, der ebenfalls Psychologie studierte, aber es waren die Namen von Thomas Mann, Tschechow, John Fowles und Joseph Roth, die er auf den Umschlägen sah. In Romanen fände sie mehr über die Menschen, sagte sie, als in der Fachliteratur, zumindest mehr darüber, wie sie als Einzelwesen sind, die man nicht nur beobachtet wie der Forscher die Mäuse, sondern mit denen man fühlt und erlebt, und denen man das Beste wünscht, auch wenn man erwarten muss, dass es schiefgeht.

Sie hatte einen Freund, der in Bamberg Mathematik und Sport unterrichtete und den sie an den Wochenenden besuchte. Paul vermisste sie dann und kompensierte den Mangel durch exzessives Ausgehen mit Georg. Der kannte das Münchner Nachtleben schon so gut und bewegte sich so sicher darin, dass er auch in die Clubs der Amerikaner kam, wo die Getränke billig waren und die Musik fast immer live von echten Bands gespielt wurde.

Zu viel rauchen, zu viel trinken und zu viel hoffen auf eine aufregende Liebesnacht, was sich oft in einer mal schmerzhaften und mal angenehmen Melancholie auflöste, wenn Georg schon längst mit einer Eroberung verschwunden war und Paul im Morgengrauen alleine nach Hause schlurfte – das alles sorgte dafür, dass er den Sonntag und manchmal auch den Montag verschlief und sich erst wieder fing, wenn Carolin zurück war, die ihn spöttisch bedauerte, wenn er allzu bleich und ausgelaugt vor dem Kühlschrank stand und nicht mehr wusste, was er daraus hatte hervorholen wollen.

Seit einer halben Stunde geht es nur mit siebzig Stundenkilometern voran, weil drei Lastwagen vorausfahren. Die A94 hat irgendwann hinter Altötting einfach aufgehört und wird erst weit jenseits der Grenze als A8 wieder auferstehen, bis dahin hilft nur Geduld.

Jetzt fehlt bloß noch Schnee, denkt Paul, als er bei Braunau im dichten Berufsverkehr mit dreißig durch einen Graupelschauer schleicht. Die Sichtweite beträgt vielleicht zwanzig Meter, und der ungarische Lastwagen vor ihm, derselbe, dessen Nummernschild und Aufschrift auf der Plane er schon vorwärts und rückwärts aufsagen könnte, ist so ziemlich die einzige Orientierung in diesem Rauschen und Prasseln. Ein Glück, dass er schon die Winterreifen hat.

Und ein Glück, dass solches Wetter nie lange anhält, und Paul nach ein paar Kilometern wieder moderat Gas geben und den Rest der Landstraßenstrecke mit siebzig dahingleiten kann.

Als er die Autobahn endlich erreicht hat, zeigt das Navi nur noch etwas über zweihundertfünfzig Kilometer bis Wien, also hat er schon fast siebenhundert geschafft. In einem der Autos, mit denen er früher gereist war, säße er jetzt gerädert, mit steifem Genick und schmerzendem Rücken, in diesem gähnt er nur hin und wieder und nimmt sich vor, an der nächsten Raststation einen Kaffee zu trinken. Und auf dem Handy nachzusehen, ob sich Schubert inzwischen gemeldet hat. Es ist stummgeschaltet, weil Paul nicht in Versuchung geraten will, beim Fahren zu telefonieren. Er hätte es auch per Bluetooth mit der Freisprechfunktion verbinden können, aber das mag er nicht. Er käme sich damit auch ohne Publikum wie ein Wichtigtuer vor. Schubert wird erst kurz vor sechs in Wien landen, und wenn er nicht inzwischen Georg telefonisch erreicht hat, kann es keine neuen Nachrichten geben.

Das gehört zur neuen Freiheit, die Paul seit einem

Jahr genießt: nicht erreichbar zu sein. Dass er allerdings daran etwas genießen würde, ist, zumindest bislang, nicht der Fall. Er schreibt es sich vor. Den Widerspruch zwischen sich selbst etwas vorschreiben und Freiheit ignoriert er so gut es geht, obwohl es ihm manchmal albern erscheint, dass er etwas gegen sich selbst durchsetzen und gleichzeitig unterlaufen will.

Noch immer fällt es ihm schwer, das Handy einfach stumm- oder gar auszuschalten, noch immer kommt es ihm vor wie zumindest potenziell unterlassene Hilfeleistung, aber sowohl Schubert als auch er selbst sind auf dem Weg und können nichts tun, außer in Wien anzukommen. Dann wird man weitersehen. Bis dahin kann Paul genauso gut seinen Gedanken und Erinnerungen nachhängen.

Schubert fuhr entspannt, ließ sich nicht von der hektischen Drängelei der italienischen Autofahrer nervös machen, und als sie Riva del Garda erreicht hatten, parkte er den klobigen Transporter auch noch rückwärts in eine nicht allzu große Lücke am Straßenrand ein.

»Weil, jetzt haben wir nämlich Hunger«, sagte Georg, der aufgewacht war und sich sofort eine Zigarette angezündet hatte.

»Brot, Salami, Rotwein«, sagte Schubert, und sie stiegen aus, schlossen ab und gingen in Richtung Zentrum. Er nahm seine Gitarre mit. »Ihr ruht aus, und ich verdiene uns ein Abendessen«, sagte er, und Paul wunderte sich über diese Selbstsicherheit. Woher wollte der wissen, ob ihm irgendjemand irgendetwas in den Hut werfen würde? Mit seinen fast schwarzen Locken war er zwar ein hübscher Junge, der auch mit ganz normalen Jeans und einem ganz normalen Holzfällerhemd auffiel, aber das war nur die halbe Miete. Die andere Hälfte war die Musik.

An einem Platz nahe dem Ufer stellte sich Schubert in einen Arkadengang, holte außer der Gitarre auch noch eine blau-rot-karierte englische Tweedmütze aus dem Koffer, legte sie vor sich auf den Boden, stimmte und fing an zu spielen. Georg, der gerade noch vorgeschlagen hatte, dass man sich ein bisschen weiter weg positionieren sollte, falls es gar zu peinlich würde, knuffte Paul in den Oberarm, als Schubert *Catch the Wind* anstimmte. Es klang richtig gut. Gute Stimme, gutes Englisch, gutes Gitarrenspiel. Schon blieben einzelne Passanten stehen, näherte sich eine Gruppe junger Leute von der anderen Seite des Platzes, und nach *Fourth Time around* erklang Applaus und landeten die ersten Münzen und Scheine in der Mütze.

Er wechselte zu italienischen Liedern, spielte zuerst *Il Ragazzo della via Gluck,* dann *Vagabondo* und schließlich *Anna e Marco.* Auch sein Italienisch klang überzeugend, nicht nur für Georg und Paul, die das nicht wirklich beurteilen konnten, weil ihre Erfahrungen damit nur aus der Eisdiele herrührten, sondern offenbar auch fürs Publikum, denn niemand schüttelte den Kopf oder lächelte verzeihend oder spöttisch.

Die Gesichter der Zuhörer waren im Gegenteil zugewandt, aufmerksam, manche verträumt, andere verzaubert, jüngere Frauen schienen Augenkontakt mit Schubert zu suchen, jüngere Männer schauten prüfend und bestätigend drein, ältere Männer wie Frauen schienen in sich hinein zu horchen, als erklänge dort parallel zur Musik eine Kurzgeschichte, eine Predigt oder ein Liebesbrief aus ihrem eigenen Leben. Er riss sie alle hin.

Als er mit Leonard Cohens *So long, Marianne* aufhörte, tanzten zwei ältere Paare Walzer und neigten anerkennend und dankend die Köpfe beim letzten Ton. Schubert machte einen formvollendeten Diener und wirkte dabei, als trüge er einen Frack und verneige sich vor einem erlesenen Publikum.

Georg hatte sich spontan bei der Zeile *I forget to pray for the angels, and then the angels forget to pray for us* die Mütze vom Boden genommen und war mit bescheiden gesenktem Kopf durch die Reihen gegangen, und als sich das Publikum zerstreut hatte, hing sie schwer durch. Schubert sah hinein und sagte: »Das reicht für was Besseres als die Korbflasche.«

Ein junges Paar sprach ihn auf Italienisch an, während er seine Gitarre in den Koffer- und den Inhalt der Mütze in seine Jackentasche packte. Der Mann sah aus wie Jackson Browne und die Frau wie Joni Mitchell. Paul hätte zu gern verstanden, worüber sie redeten, aber außer ein paar Worten wie dormire, notte, Roma und grazie, aus denen er sich, Schuberts Kopfschütteln und Lächeln mitgezählt, zusammenreimen konnte, dass sie eingeladen wurden, Schubert aber ablehnte, kam nichts in seinem Bewusstsein an.

»Wieso kannst du so gut Italienisch?«, fragte er, als die beiden sich verabschiedet hatten, der Mann mit einem Lächeln und die Frau mit einem Kuss auf Schuberts Wange, und bekam zur Antwort: »Meine Mutter ist aus Turin.«

Auf dem Weg zurück zum Auto kauften sie in einem Alimentari Wein, Salami, einen Pecorino-Käse und fades Weißbrot. Damit setzten sie sich auf eine Kirchentreppe, Schubert zauberte ein Kellnermesser aus seiner Tasche und öffnete den Wein. »Wir haben keine Gläser, das ist barbarisch«, sagte er, »wartet«, ging noch einmal los, um nach einem Laden für Haushaltswaren zu suchen, und kam nach vielleicht zehn Minuten mit drei bauchigen Gläsern in einem kleinen Karton zurück.

»Man kann's auch übertreiben«, fand Georg.

»Nicht, wenn es um Stil geht«, sagte Schubert und schenkte ein. »Und nicht wenn es um Marzemino geht«, fügte er noch hinzu, probierte den ersten Schluck und sah drein wie der Kater aus *Alice im Wunderland.*

Aus derselben Tasche wie vorher das Kellnermesser nahm er jetzt ein ausklappbares Fischermesser, mit dem er Scheiben von der Salami und vom Pecorino schnitt, die er gnädig wie ein Patriarch verteilte. Vom Brot rissen sie mit den Fingern ab, da ging es ohne Stil.

Georg hielt sich zurück mit dem Wein, weil er bis

mindestens Parma weiterfahren wollte, deshalb floss fast der gesamte Flascheninhalt in Schuberts und Pauls Kehlen, und sie ließen sich beschwingt und benebelt in den Abend hinein kutschieren.

Irgendwann fragte Schubert: »Woher kennt ihr italienische Politrocker?« und Georg antwortete: »Von einem Festival in Tübingen.« Dann dösten sie vor sich hin, bis Georg irgendwo südlich von Verona aufgab und sie sich hinten im Transit schlafen legten.

~

SMS von Schubert. *Ich habe ein Hotel in der Mariahilfer Straße, so ziemlich direkt um die Ecke von Georgs Wohnung. Soll ich für dich auch buchen?*

Es ist halb fünf, also hat er vor dem Abflug gebucht oder sein Flug ist verspätet. *Super,* schreibt Paul, *ja bitte, bin in zwei, drei Stunden auch da.*

Er gibt das Parkhaus im Museumsquartier ins Navi ein und legt sich drei CDs zurecht, eine von Kari Bremnes, eine von Laurie Anderson und eine von Dota Kehr. Jetzt sind Frauenstimmen dran.

Der Espresso hat geholfen. Und die kurze Ruhepause. Paul ist schon vor Stunden über seinen toten Punkt hinweggefahren, die Zeit zwischen eins und drei, in der er normalerweise schläft, aber die Bewegung auf der Straße vor und hinter ihm und die ständige Reaktionsbereitschaft strengen an, und er ist froh, dass er nicht mehr lange brauchen wird bis Wien. Vielleicht noch zwei Stunden. Vielleicht ein bisschen mehr, wenn der Feierabendverkehr seine letzten Kilometer bremst. Bis dahin wird ihn die Musik tragen.

~

Während Paul nichts weiter tat, als aus dem Fenster zu schauen und vor sich hin zu träumen, hatten Schubert und Georg sich zweimal am Steuer abgewechselt, die enge und kurvige Strecke durch den Apennin ohne Rempler überstanden, waren mit fünfzig oder sechzig zwischen Lastwagen und dreirädrigen Kleintransportern bergauf gefahren und schließlich auf einem der Pässe stehen geblieben, weil sie warten mussten, bis das Kühlwasser nicht mehr dampfte. Am frühen Nachmittag näherten sie sich Prato, der Industriestadt vor Florenz.

Georg hatte in den letzten Stunden immer wieder auf seine Armbanduhr geschaut und sagte irgendwann: »Es tut sich ein gewisses Timingproblem auf.«

Es war kurz vor drei, das Konzert sollte um acht anfangen. Es jetzt noch bis Rom, dort zu einem Parkplatz und von dem zur Villa Borghese schaffen zu wollen, war aussichtslos.

»Politrock ist sowieso unterste Schublade«, sagte Schubert, »auch wenn die Musik was taugt, Belehrungskunst ist scheiße.«

»Sagt wer?«, fragte Georg, aber sein Sarkasmus wurde ignoriert.

»Jeder mit Geschmack«, gab Schubert zurück, »also ich.«

»Du bist höchstens *einer* mit Geschmack, du bist nicht

jeder mit Geschmack«, warf Paul ein, »selbst, wenn du denkst, du bist der Einzige, ist die Bezeichnung *jeder* falsch. Das Wort beschreibt eine Summe. Es kann nicht für eine einzelne Figur verwendet werden.«

»Stöhn«, sagte Schubert, und Georg grinste nur.

»Nicht dass du etwa recht hättest«, fügte Schubert hinzu, »jeder Einäugige unter Blinden würde dir widersprechen. Aber dass du dir über so was Gedanken machst, ist schön. Jemand muss ja den Duden beliefern.«

»Also nix mehr mit Rom heute?«, fragte Georg jetzt, und Schubert sagte: »Florenz ist direkt vor unserer Nase. Ich kann euch das eine oder andere zeigen. Und ich habe dort Verwandtschaft, und die sind nicht da, und ich krieg den Schlüssel zum Gartenhaus.«

Er schlug vor, das Steuer für die letzte Etappe zu übernehmen, behauptete, sein italienisches Blut erlaube ihm, ohne Nervenzusammenbruch den Straßenkrieg zu bewältigen, und nach weniger als einer Stunde waren sie im dichten Gewühl des städtischen Verkehrs.

Paul las den Stadtplan, den Schubert aus seinem Seesack geholt hatte, und lotste sie, so gut er konnte. Gut genug war es nicht, sie verfuhren sich zweimal, aber Schubert blieb gelassen, und irgendwann bogen sie in die Einfahrt einer herrschaftlichen Villa am Hang ein und rollten über Kies in den Schatten einer riesigen Pinie.

»Ecco«, sagte Schubert, »wenn ihr hier kurz wartet, dann geh ich den Schlüssel holen.«

Auf einem Messingschild neben der Einfahrt stand der Name *De Gaetano,* der Garten war umgeben von einem schmiedeeisernen Zaun und bewachsen mit Platanen und Pinien, einer Zypresse und verschiedenen akkurat in Form geschnittenen Büschen, der Rasen war gepflegt, und hinter dem Herrenhaus lugte ein Gewächshaus hervor. Das alles sah Paul sich an, nachdem Schubert, von einem älteren Herrn eingelassen, im Haus verschwunden war.

Das Gartenhaus, eine ehemalige Remise mit vier Garagen unter einer Pförtnerwohnung, die für Gäste eingerichtet war, enthielt zwei Zimmer mit drei Betten, eine wohnliche Küche und ein kleines Badezimmer.

Eine resolute Frau brachte einen Korb voller Lebensmittel und einen zweiten mit Wein und Wasser, bezog die Betten und legte Handtücher bereit, die sie aus einem Schrank im Flur holte. »Benvenuti i Signori«, sagte sie dann und ging zurück zum Herrenhaus.

»Du bist ein Prinz oder so was«, sagte Georg, und Schubert antwortete: »Kein Prinz. Und auch kein Sowas, nur der Neffe eines gut situierten Herrn.«

»Kriegt man hier irgendwo ein Bier?«

»Unten in der Stadt. Wir brauchen sowieso noch paar Sachen aus dem Supermarkt.«

Schon am Vorabend in Riva hatte sich die Chemie verändert, als der Tramper, den man gnädigerweise mitgenommen hatte, sich als beeindruckender Musiker erwies, der außerdem gut Auto fuhr und nicht auf den Mund gefallen war. Das Alphatier Georg war ein wenig zur Seite gerückt auf dem unsichtbaren Chefsessel, um Alpha-Zwei den ihm zukommenden Platz zu gewähren – jetzt verschob sich die Hierarchie vollends, weil sie die Gäste waren und Schubert der Quasi-Hausherr. Der sonst eher großmäulige, zumindest unbekümmert und selbstbewusst auftretende Georg wirkte auf einmal vorsichtig, als läge ihm daran, nichts falsch zu machen.

~

Vielleicht separierte sich Georg deshalb in den folgenden Tagen mehr und mehr, vielleicht hatte er ein Ehrproblem damit, dass er sich wie die arme Verwandtschaft vorkam, obwohl Schubert nichts dazu tat, da er doch selbst die arme Verwandtschaft war. Sein Vater war ein Schuldirektor und seine Mutter Pianistin, die das Konzertieren aufgegeben hatte, als er zur Welt kam, und jetzt Unterricht gab.

Aber vielleicht lag es auch einfach daran, dass Georg in einen Kunstrausch geriet, der ihn von den Uffizien in den Palazzo Pitti, und vom Dom ins Bargello zog, was Paul alles nicht so brennend interessierte – für ihn waren alte Bilder und Skulpturen einfach eine Ansammlung heiliger Gräuel oder Porträts verstorbener und damit minder attraktiver Leute. Wie die meisten jungen Menschen wollte er dort sein, wo andere junge Menschen waren, also schloss er sich Schubert an, der all diese Kunst schon kannte und sich auf den Plätzen und Promenaden lieber ein kleines Vermögen mit Musik verdiente.

Paul hörte zu, ging mit der Mütze herum und genoss den allgemeinen Müßiggang, dem sich jedermann hinzugeben schien.

Und er genoss es, sich im Glanz von Schubert zu sonnen. Wann immer ein Platz mit brauchbarer Resonanz gefunden war und Schubert zu spielen anfing, brauchte es nur Minuten, bis sich eine Gruppe Zuhörer angesammelt hatte, die ihm an den Lippen hing, sich in den Hüften wiegte oder verträumt die Augen schloss. Immer wieder sangen sie mit. Das ging von jungen Frauen aus, die sich trauten, weil sie zu zweit waren, und dann erfasste es mehr und mehr der Umstehenden, schaukelte sich hoch und wurde zum Chor, der schließlich mit Bedauern auseinanderging, wenn Schubert sich bedankt und die Gitarre wieder in den Koffer gepackt hatte.

Beim Betrachten der Mitsingenden hatte Paul den Eindruck, hier in Italien sei der Graben zwischen den Generationen nicht so tief wie zu Hause in Deutschland. Langhaarige junge Männer mit Fransenjacken und Angestellte mit Schlips und blank polierten Schuhen sangen dieselben Lieder mit, es schien keine Rolle zu spielen, ob man sich als rebellisch oder brav kostümierte, ein Lied wie *Il Ragazzo della via Gluck* gehörte allen.

In München hätte der Teil, der von den Braven Gammler genannt wurde und sich selbst als Freaks oder Hippies bezeichnete, sich verächtlich abgewandt, wenn ein Straßenmusiker es gewagt hätte *Immer am Sonntag,* so hieß das Lied in Deutschland, anzustimmen. Vielleicht war das, was man zu Hause als Gegenkultur bezeichnete, hier einfach eine Erweiterung, etwas Neues, das nicht unbedingt in Feindschaft zum Bisherigen existierte.

Dass der italienische Text nicht so dümmlich war wie der deutsche konnte Paul nicht wissen, weil er kein Wort verstand.

Die Einnahmen waren beachtlich, Schubert investierte sie großzügig in Getränke und Lebensmittel und lud Georg und Paul zum Essen ein. Das ließen sie aber nur etwa jedes dritte Mal zu, weil sie selbst genug Geld dabeihatten und das Leben hier nicht teuer war.

Sie blieben drei Wochen, in denen ihnen Schubert Siena und San Gimignano zeigte, dann Lucca, Pisa, Viareggio, und gelegentlich für sie kochte. Am Ende hatten sie einander erzählt, was es zu erzählen gab, und waren Freunde. Und Georg war auf den Geschmack von Rotwein gekommen, weil das holländische und belgische Bier, das man ihm servierte, nicht seinen Ansprüchen genügte.

Das Licht hat sich automatisch angeschaltet, als Paul von der Raststätte fuhr, und jetzt, auf der Höhe von St. Pölten, ist es Nacht. Nach der CD von Laurie Anderson hat er keine weitere eingelegt, denn die Erinnerungen an Schubert und Georg hinderten ihn am aufmerksamen Zuhören.

Es ist, als hätte sich eine Tür geöffnet und beträte er seit Jahrzehnten zum ersten Mal wieder einen Raum, in dem alles noch an seinem Platz ist. Die Gitarre von damals, die längst ihren Klang verloren hat, aber immer noch in einer Ecke von Schuberts und Carolins Haus in Brandenburg steht, der hustende und stöhnende Ford Transit, der bald nach ihrer Heimkehr den Geist aufgab und in der Schrottpresse endete, der amerikanische Armeeparka, den Paul getragen hat, bis er ihn durch ein Jackett für die Arbeit im Verlag ersetzte, die Dialoge zwischen ihnen dreien, die erst nach und nach den herausfordernden, ironisch provokanten Ton eingebüßt haben und irgendwann vertrauensvoll und offen geworden sind.

Er hat sie seit mehr als einem Jahr nicht mehr gesehen, das letzte Mal in Brandenburg bei Schuberts Geburtstag im April. Malin war nicht dabei, und Carolin nur einen Abend lang, weil sie zu einer Fortbildung nach Leipzig musste. Sein neues Domizil in Südbaden sollten Schubert, Carolin und Georg eigentlich an Weihnachten kennenlernen, aber ob es dazu kommen wird, ist jetzt fraglich.

Ist Georg wirklich einer, der sich umbringt? Aus Trauer? Um eine Frau, die ihn wie Dreck behandelt hat? Gewalttätig gegen andere hat er ihn schon erlebt, aber gegen sich selbst?

~~

Ein paar Tage nach Schulbeginn war Georg nach dem Mittagessen verschwunden und weder beim Abendessen noch in der Nacht wieder aufgetaucht. Paul, der immer wieder unruhig aufwachte, schlich sich gegen vier Uhr morgens nach draußen und fand ihn tatsächlich, wo er ihn vermutet hatte: in dem Wäldchen auf dem Baumstumpf zusammengesunken, vor sich den toten Darius, um den er einen Kreis aus gelben und roten Blättern gelegt hatte.

Es hatte in der Nacht kaum abgekühlt nach einem sehr heißen Tag, der Herbst hatte eben begonnen, aber Georg hatte die Arme um sich geschlungen. Er hob den Kopf, weil Paul leise sagte: »Ich bin's«, und sein Gesicht war weiß, wie kurz vor einer Ohnmacht.

Der Kater lag auf der Seite, den Mund geöffnet, mehrere Wunden am Körper und eine Verletzung am Hals. Paul setzte sich im Schneidersitz neben den Blätterkreis. Er wusste nicht, was er sagen sollte, wusste nicht, ob er Georg in den Arm nehmen oder sonst irgendwie berühren sollte, vielleicht eine Hand auf seine Schulter legen. Alles kam ihm falsch vor.

Irgendwann sprach Georg: »Ich hab den Schuss gehört und bin zur Lichtung. Der Jäger hat ihn an den Hinterbeinen zu seiner Karre getragen und wie Müll auf die Ladefläche geschmissen.«

»Und von dort hast du ihn geklaut«, sagte Paul, obwohl das offensichtlich war.

»Der ist danach wieder zu seinem Hochsitz gegangen.«

Eine Zeit lang schwiegen sie wieder wie zuvor, dann sagte Georg: »Wir brauchen einen Spaten.«

»Bleib hier«, sagte Paul, »ich hol ihn.«

Der Geräteschuppen des Hausmeisters war unverschlossen, weil es in dieser Zeit auf der Insel keine Diebe gab. Zumindest keine, die sich an Werkzeug vergriffen hätten. Es war hell, aber alle schliefen noch, also konnte Paul mit dem Spaten quer über die Wiese gehen, auf der ein Schleier von Morgennebel lag, der zum Waldrand hin dichter wurde, sodass es aussehen musste, als wate Paul hindurch.

Den Geruch des nebelfeuchten Grases würde er nicht vergessen, dachte Paul, und dieses Bild auch nicht. Nicht den Nebel, nicht den bleichen Georg, nicht den toten Darius. Er ging langsam, weil er dachte, Georg brauche vielleicht noch Zeit, um sich zu verabschieden, aber als er ankam, hatte dieser sich schon das Hemd ausgezogen und den Kater darin eingewickelt.

Sie suchten eine Stelle, an der sie wenig Baumwurzeln vermuteten, und der Boden war weich, sodass sie zehn Minuten später das traurige Bündel in sein Grab legen und mit Erde und am Ende Blättern bedecken konnten. Roten und gelben.

Eine Weile standen sie da und hatten die Köpfe gesenkt, bis Georg sagte: »Er war mein Freund«, und sich zum Gehen wandte.

Zurück in der Schule legte er sich ins Bett und blieb drei Tage liegen, aß nichts, trank nur den Kakao, den Paul ihm brachte. Zu reden gab es nichts. Als Paul sagte, es tue ihm leid, winkte Georg nur ab, Paul verstand die Geste und hielt den Mund.

Danach war Georg tagelang nachmittags verschwunden. Paul nahm an, dass er am Grab sei, und suchte nicht nach ihm, denn er war so abgekapselt und in sich gekehrt, dass klar war, er wollte alleine sein.

Als Ende November Frau Assen, die Lateinlehrerin, wegen eines Trauerfalls von Dr. Leitner, dem Geschichtslehrer, vertreten wurde, sagte dieser am Ende der Stunde: »Strengen Sie sich an in der nächsten Zeit und machen Frau Assen Freude so viel Sie können. Ihr Mann ist auf der Jagd verunglückt, respektieren Sie ihre Trauer und gönnen ihr Schonung. Sie braucht unsere Unterstützung.«

Bei dem Wort *Jagd* sah Paul unwillkürlich zu Georg, der an der anderen Seite des Raumes saß und keine Reaktion zeigte. Er sah aus dem Fenster und hatte Daumen und Zeigefinger an die Lippen gelegt, wie er es oft tat, wenn er nachdachte.

Paul fragte ihn nicht danach, und Georg sagte nichts dazu, aber am selben Nachmittag sah Paul sich den Hochsitz bei der Lichtung an, und dort hingen vier der oberen Leitersprossen schräg an den Stangen, alle an der rechten Seite aus ihrer Befestigung gerissen. Paul wagte es nicht, näher heranzugehen, falls jemand in der Nähe war und er sich verdächtig machen würde, und eine Woche später, als er wieder nachsah, war der Schaden repariert.

Paul dachte lange darüber nach, wie Georg das gemacht haben konnte, und kam zu dem Ergebnis, dass er die Schrauben durch kürzere ersetzt haben musste, die er vielleicht extra vorher hatte rosten lassen, damit sie sich von den anderen nicht unterschieden, die drei unteren etwas länger, damit sie beim Hochsteigen nicht schon ausrissen, die oberste so kurz, dass die Sprosse sofort nachgab und die darunterliegenden der Wucht des herabfallenden Fußes zusammen mit dem Gewicht des Jägers nicht standhalten konnten.

Erst nach und nach kam Paul zu Bewusstsein, dass er Georg für einen Mörder hielt, der planvoll und mit heimtückischer Raffinesse einen Menschen umgebracht hatte, und es mischte sich, wann immer er daran dachte, Entsetzen mit Staunen in seinem Inneren. Eine Art Lähmung stellte sich ein, ihm wurde schlecht und schwindlig, und ein breiiger Lärm dröhnte in seinem Kopf, der nur langsam wieder nachließ und einen klaren, immer wiederkehrenden Gedanken freigab: Ich werde ihn nicht danach fragen. Solange Georg es nicht zugab, war es vielleicht nicht wahr, und Paul konnte sich einbilden, er bilde sich das nur ein.

Misstrauen oder Abneigung entstanden seltsamerweise nicht aus diesem Wissen. Georg blieb sein Freund, mit dem er alles teilen, den er beschützen und entlasten und dem er sich jederzeit anvertrauen würde.

Irgendwann war der Lärm in Pauls Kopf verklungen, und mit den Jahren wurde die Erinnerung daran zu einer Art üblem Traum, den er vor langer Zeit geträumt hatte, nicht mehr wahr und nicht mehr wichtig.

Die ungestellte Frage ist als Motiv in den Texten, die Paul über Jahrzehnte begleitet hat, unzählige Male aufgetaucht, als Schlüsselelement, als Auslöser einer Kette unglücklicher Ereignisse, oder Sprengsatz, der am Ende alles Falsche und Giftige pulverisiert und so die Reinigung der Atmosphäre bewirkt. Nicht ein einziges Mal war dieses Motiv etwas Positives, Vernünftiges oder Richtiges. Es musste immer überwunden werden.

Bin ich wirklich der Einzige, der diese wohlwollende Ignoranz für etwas Gutes hält, dachte Paul manchmal, habe ich geheimes Wissen oder liege ich falsch?

Vielleicht half ihm die Bereitschaft, manches in der Schwebe zu lassen und nicht jeden Winkel jeder Seele mit Flutlicht auszuleuchten, sogar in manchen Fällen, ein besserer Lektor zu sein. Er konnte irrlichternde Texte so stehen lassen und der Versuchung widerstehen, jedes Rätsel zu lösen oder Geheimnis ans Licht zu bringen.

Für ihn liegt auf der Hand, dass keine Liebe, keine Freundschaft, keine Familie oder Gesellschaft ohne Geheimnisse von Dauer sein kann.

Noch in Florenz, an einem Nachmittag am Piazzale Michelangelo, erzählte Schubert von einem Sonntagmorgen, an dem er, allein zu Hause, in der Schreibtischschublade seines Vaters gestöbert habe und auf einen handschriftlichen Brief in Sütterlin gestoßen sei, den er entziffern wollte, weil sie gerade Sütterlin in der Schule gelernt hatten. Nach den ersten Zeilen *Lieber Kamerad Gero, von dir spricht Dirlewanger in den höchsten Tönen …* habe er ihn schnell wieder zurückgelegt, als er vor dem Haus ein Auto vorfahren hörte. Der Name Dirlewanger sei ihm noch eine Weile im Kopf herumgegangen, weil er ihn irgendwie musikalisch fand, er habe ihn vor sich hin gesungen als Refrain eines Nonsense-Liedchens: *Ja der Dirlewanger, der ist nicht so'n Langer, eher breit und dumm und faul ...* Und dann begegnete ihm nach Jahren dieser Name wieder in einem Spiegel-Artikel: Ein SS-Offizier, ein Kriegsverbrecher der schlimmsten Sorte. Seither werde er den Gedanken nicht mehr los, sein Vater könne da mitgemacht haben.

»Den Namen könnten aber auch andere Leute haben«, sagte Paul, »dieser Massenmörder ist nicht der Einzige, der so heißt.«

»Hast du ihn gefragt?«, sagte Georg.

»Nein, aber ich kann ihm nicht mehr in die Augen sehen.«

»Du musst ihn fragen«, fand Georg, »sonst wirst du verrückt.«

»Ich glaube, das tu ich nicht. So lang ich ihn nicht frage, ist es vielleicht nicht wahr.« Schubert sagte genau das, was Paul hätte sagen können, wäre die Sprache auf den Jäger gekommen, an dessen Tod er Georg für schuldig hielt.

»Wenn du damit leben kannst, ist es auch okay«, sagte Georg, und Schubert antwortete: »Das wird sich zeigen.«

Um von der düsteren Stimmung abzulenken, erzählte Paul, sein Vater sei unabkömmlich gewesen, weil man ihn als Schreiner auf dem Bau brauchte, und Georg sagte, seiner sei bei den Pionieren gewesen, da könne er nicht viel getan haben außer Behelfsbrücken zu bauen und Telefonleitungen zu legen.

Es gelang ihnen nicht, Schubert aus seiner Bedrückung zu holen, bis er schließlich die Gitarre aus dem Kasten nahm und *Blowin' in the Wind* spielte.

Sofort sammelte sich wieder eine kleine Menschenmenge, und er musizierte sich aus dem Stimmungstief über *Donna, Donna, Norwegian Wood* und *You've got to hide your Love away,* bis er schließlich mit *L'anno che verrà* und *Come è profondo il mare* aufhörte. Sie sprachen nicht mehr über dieses Thema.

Sechs Jahre später, in Avignon, wo Schubert mit seiner Band im Begleitprogramm des Theaterfestivals auftrat, saßen er und Paul unter Platanen auf einem kleinen Platz abseits der Menschenströme. Sie aßen Steak Frites und tranken den Hauswein, als Schubert sagte, sein Vater sei gestorben, an Krebs, mit einundsiebzig, und er schaffe es nicht, um ihn zu trauern.

»Also hast du ihn nie gefragt«, sagte Paul.

»Nein.«

»Und hast du sonst irgendwie geforscht?«

»Ich hab seine Unterlagen durchgesehen, weil ich dachte, ich finde den Brief und lese ihn diesmal ganz, aber da war nichts. In den Fotoalben gab es kein einziges Bild aus den Dreißiger- und Vierzigerjahren, in den Dokumenten nichts, kein Studentenausweis, kein Wehrpass, keine Urkunde, nichts.«

»Okay«, sagte Paul, »begründeter Verdacht.«

»Dass ich nicht gefragt habe, hat mir nicht geholfen, ihn wieder zu mögen. Ich hab ihm keine Chance gegeben. Und mir auch nicht.«

»Er hat alles weggeschafft, sogar den Brief, das zeigt doch, dass du recht hattest, oder?«

»Vielleicht. Ja. Vermutlich.«

Paul erzählte nichts von seinem eigenen Verdacht. Ihn hatte das Nichtwissenwollen nicht gegen Georg aufgebracht, es hatte ihn geschont. Dass Georg ihm später die Frau weggenommen hatte, war allerdings etwas, das er damals glaubte, ihm nicht verzeihen zu können, weswegen er ihn nie wiedersehen wollte. Schubert wusste das und erwähnte den Freund nicht.

Georg hatte in dieser Zeit wachsenden Erfolg, einen renommierten Galeristen und Ausstellungen in England, Frankreich und Amerika. Das wusste Paul von Carolin, die sich hin und wieder bei ihm meldete und es merkwürdigerweise immer zustande brachte, mit ihm zu reden, als wäre sie nur vorübergehend nicht da, als wohnten sie noch zusammen und besprächen ihren Alltag und teilten den Blick auf ihre Umgebung, Erfolge und Enttäuschungen, Überraschungen und Verluste. Paul schaffte es nicht, ihr übel zu nehmen, dass sie ihn verlassen hatte, er nahm es stattdessen Georg übel.

Es war falsch, so zu denken, aber es ließ sich nicht abstellen. Paul wollte nicht der Mann sein, der eine Frau als Besitz ansieht, den ihm ein Freund nicht wegnehmen durfte. Es war peinlich, eine solch atavistische Regel aus dem hintersten Stammhirn hervorzukramen, nur um den Schmerz jemandem anlasten zu können, aber er schaffte es nicht, das, was er wusste – dass die Menschen frei und für sich selbst verantwortlich sind –

zu vereinbaren mit dem, was er fühlte – dass sein Freund ihn verraten hatte.

Georg hatte ihn mit Carolin zusammengebracht. Zuerst, indem er ihn mit seinem Krautrock aus der Ladenwohnung in die Augustenstraße vertrieb, und dann im nächsten Winter, als er sich als Held erwies und dadurch eine Situation schuf, in der Pauls Schüchternheit keine Rolle mehr spielte.

Silvester in der McGraw Kaserne in Giesing waren sie als Gäste der Band, in der zwei von Georgs Kommilitonen spielten, im NCO, dem Unteroffiziersclub, und tranken Bourbon and Coke. Es war nach Mitternacht, und die Band spielte nach einer hitzigen Tanzphase mit *Honky Tonk Women* und *Sex Machine* ein langsames Stück, einen Klammerblues, wie man es damals nannte, *Many Rivers to cross* von Jimmy Cliff, als ein Aufruhr beim Eingang entstand. Ein blasser, rothaariger GI mit Schweißperlen auf der Stirn und Schaum vor dem Mund, leeren Augen und einer Panzerfaust auf der Schulter torkelte durch die dichte Menge in Richtung Tanzfläche.

Georg, der nur knapp zwei Meter entfernt von dem Mann an der Bar stand, reagierte sofort, schoss auf ihn zu, schlug ihm die Panzerfaust aufwärts aus der Hand und hielt sie sich über den Kopf, sodass der Abzug nach oben gedreht war, außerhalb der Reichweite des schwankenden und blicklos vor sich hin stierenden Mannes. Georg versuchte, in Richtung Ausgang zu kommen, die Gäste stoben auseinander, soweit sie konnten in dem engen Gang, da flog die Tür auf, und zwei Militärpolizisten stürzten sich auf ihn, der eine entriss ihm die Panzerfaust, der andere schlug mit seinem Knüppel derart brutal auf ihn ein, dass er augenblicklich zu Boden ging.

Die Waffe war im Handumdrehen nach draußen geschafft, zwei weitere Militärpolizisten stürmten in den Raum, und bis die Situation geklärt, der richtige Täter festgenommen und abgeführt, den MPs Georgs mutiger Einsatz von Zeugen geschildert worden war, musste dieser, mit einer blutenden Platzwunde über der Schläfe, vom Knie seines Bezwingers auf seinem Hals am Boden fixiert, ausharren. Dann half ihm der Polizist auf die Beine, schüttelte ihm die Hand, sah sich oberflächlich die Wunde an und befand sie für ungefährlich. Der Band wurde mit Handzeichen bedeutet, sie solle weiterspielen, worauf sich die MPs verzogen, der Barmann einen Bourbon für Georg hinstellte, den dieser in einem Zug zu den Klängen von *A Whiter Shade of Pale* kippte, während er sich von den Umstehenden anerkennend auf die Schulter klopfen ließ.

Ein Sanitäter mit Verbandskasten bedeutete ihnen, sie sollten mit nach draußen kommen. Dort reinigte er Georgs Wunde, klebte ein Stück Mull drauf, sagte noch »Thank you, Sir, you're a hero«, und verabschiedete sich mit der Hand an der Mütze.

»Weg hier«, sagte Georg, der so blass war wie zuvor der Störenfried, und sie gingen zu den Taxis vor der Kaserne.

Ein Soldat kam ihnen hinterhergerannt, reichte dem Fahrer einen Zwanzigmarkschein und sagte zu Georg: »Thank you, man, that was awesome.«

»Soll ich mit reinkommen?«, fragte Paul, als sie vor der Ladenwohnung hielten, und Georg winkte ab. »Schlafen, sonst nix«, sagte er und stieg aus. Das Geld reichte noch bis zur Augustenstraße, wo seltsamerweise Licht brannte.

Im Treppenhaus kam Paul erst zu Bewusstsein, welcher Gefahr er und die umstehenden Gäste durch Georgs blitzschnelle Reaktion entgangen waren. Selbst wenn die Granate niemanden verletzt hätte, falls sie durch die dünne Decke gegangen und wundersamerweise erst in freiem Gelände aufgetroffen und explodiert wäre, der Feuerstoß nach hinten hätte jeden im Umkreis von einigen Metern umgebracht oder grauenhaft verstümmelt. Als er die Tür aufschloss, sah er Carolin aus dem Wohnzimmer kommen, das ihnen als Gemeinschaftsraum diente, und zwei Sofas, einen Sessel und das große Bücherregal enthielt. Sie hatte ein fast leeres Glas Rotwein in der einen Hand, eine Schachtel Zigaretten in der anderen, und war offenbar auf dem Weg in ihr Zimmer.

Das Nächste, was er sah, war ihr Gesicht über ihm und darüber die Decke des Hausflurs. Er musste ohnmächtig geworden sein.

»Musst du kotzen?«, fragte sie ihn, denn natürlich hielt sie ihn für betrunken.

»Glaub nicht«, hörte er sich sagen, »wieso bist du nicht in Bamberg?«

Sie lächelte, aber die Besorgnis wich nicht aus ihrem Blick. »Das ist eine lange Geschichte«, sagte sie, »oder nein«, sie schüttelte den Kopf und ihr Lächeln verschwand wieder, »eher eine kurze Geschichte.«

Paul hievte sich mit ihrer Hilfe hoch, sagte, er sei nicht betrunken, falls sie das denke, er sei nur ohnmächtig gewesen.

»Blass genug bist du dafür«, fand sie und streckte ihm das Weinglas hin, das sie auf der Flurkommode abgestellt hatte. Jetzt fiel ihm auf, dass sie ein Kleid trug, das er nicht kannte. Es war schwarz und weiß, genau in der Mitte senkrecht getrennt, hatte Puffärmel, die, schwarz an der weißen Seite und weiß an der schwarzen, in engen Bündchen am Bizeps endeten, einen schmalen Stehkragen, der demselben Prinzip folgte, schwarz über der weißen und weiß über der schwarzen Stoffbahn. Das Kleid endete weit über den Knien, war aus festem Stoff und wirkte frivol und festlich zugleich.

»Dein Kleid ist sensationell«, sagte er.

»Courrèges, von meiner Mutter für mich geändert. Sie hat es in den Sechzigerjahren getragen, und ich hab's schon als Kind bewundert.«

»Ich glaube, ich will erst mal sitzen. Nicht, dass es mich noch mal umhaut.«

Sie lächelte, nahm ihm das Glas wieder aus der Hand und setzte sich ihm gegenüber aufs Sofa, während er in den Sessel sank.

Nachdem er ihr erzählt hatte, was hinter ihm lag, stand sie auf und holte die Weinflasche und ein zweites

Glas für ihn aus der Küche, schenkte ihm ein und sagte: »Gutes neues Jahr. Schön, dass du es erleben darfst«, und sie sah ihn forschend an, nahm das Glas, das er unentschlossen erhoben hatte, erneut aus seiner Hand, stellte es ab und bemerkte: »Du wirst schon wieder so bleich. Ich glaube, wir trinken lieber was anderes.«

Tatsächlich war ihm zumute, als flösse sein gesamter Körperinhalt durch die Zehen ab, und er nickte nur.

Er blieb sitzen, sie machte Tee, und als sie damit zurückkam, fragte er nach ihrer kurzen Geschichte. Sie sah einen Moment lang auf die Tischplatte vor sich und erzählte dann: »In Bamberg hat's geregnet, und am Abend ist die Nässe gefroren. Man konnte nur da gehen, wo jemand schon gestreut hatte, hintereinander weil es ein schmaler Pfad war, das sah sehr seltsam aus. Wie aus einer anderen Zeit oder einer anderen Welt, manchmal waren zwanzig Leute oder mehr so als Schlange unterwegs. Als Schwarz-Weiß-Foto hinge so was irgendwo im Museum.«

Sie trank einen Schluck und griff nach der Zigarettenschachtel, aber ohne sie zu öffnen, sie hielt sie einfach in der Hand und sprach weiter: »An einer Bushaltestelle war nicht gestreut, und die Leute landeten reihenweise auf dem Hintern. Als wir uns näherten, erwischte es drei hintereinander, jeder versuchte, noch vorsichtiger als sein Vordermann zu gehen, und jeder scheiterte. Stefan lachte, als er das sah, aber er lachte verhalten. Bis es einen alten Mann erwischte, der liegen blieb. Entweder hat er sich nicht getraut, auf allen vieren weiter zu robben wie sein direkter Vorgänger es gemacht hat, oder gar aufzustehen, oder er konnte nicht, weil es so wehtat. Zwei jüngere, die die Bushaltestelle, an der es nicht glatt war, schon erreicht hatten, eilten ihm zu Hilfe und fielen, ein dritter auch noch, sie fielen übereinander und Stefan kriegte sich nicht mehr ein. Er lachte Tränen.

Irgendwie schafften es alle, sich in Sicherheit zu bringen und aufzustehen, auch der alte Mann stand schließlich wieder auf den Beinen, aber er sah aus, als habe er ernstliche Schmerzen.

Wir mussten weiter, weil hinter uns Gedränge entstanden war, und Stefan brauchte einige Zeit, um sich zu beruhigen. Er war so belustigt, dass ihm mein Schweigen gar nicht auffiel. Ich war entsetzt von seiner Empathielosigkeit und wollte eigentlich sofort umdrehen und weg von ihm. So weit wie möglich. Ich erkannte ihn nicht mehr. Er war nicht mehr der zärtliche und lustige Freund, mit dem man über die entlegensten Dinge reden konnte, nicht mehr der Beschützer, in dessen Nähe ich mich sicher fühlte, und nicht mehr der Mann, mit dem ich mir vorstellen konnte, alt zu werden – er war herzlos und amüsierte sich, wenn andere litten.

In mir hat es getobt und gewühlt, aber ich war unfähig, irgendetwas zu sagen, zu tun oder mich zu entscheiden, ich wollte weg und konnte nicht. Es war ein bisschen wie in einem Horrorfilm, aus dem hübschen Mann war ein Monster geworden, was da vor mir ging, war ein maskiertes Ungeheuer, aber ich bin hinter ihm gegangen, über die Regnitz, zum Dom, in die neue Residenz, wo wir ein Konzert der Symphoniker anhören wollten, saß vielleicht zehn Minuten neben ihm, bis ich es endlich geschafft hab, ihm zuzuflüstern, ich müsse aufs Klo. Ich bin rausgegangen, aus dem Saal, zur Garderobe, aus dem Haus, runter zur Altstadt und schnurstracks, wieder in einer Reihe mit anderen, zum Bahnhof. Dort hab ich auf den nächsten Zug gewartet und bin heimgefahren. Und ich fahr nie wieder hin.«

Sie schwieg und sah zum Fenster. Dann zur Tür. Dann erinnerte sie sich an die Schachtel mit Zigaretten in ihrer Hand, zog eine heraus, zündete sie an und sah beim ersten Zug, den sie nahm, erneut zur Tür.

»Glaubst du, er kommt her?«, fragte Paul, der ihrem Blick gefolgt war.

»Vielleicht«, sagte sie, »aber vorher ruft er an. Ich geh nicht ans Telefon. Und du sollst auch nicht, falls es klingelt.«

»Hast du so was schon früher mal gemacht? Ich meine, dass du einfach wortlos weg bist? Ich frage nur, weil er dann vielleicht weiß, was los ist und keine Angst um dich hat.«

»Ist mir egal, wenn er Angst hat«, sagte sie und schnippte die viel zu lang gewordene Asche von ihrer Zigarette, »ist mir alles egal. Was er denkt, was er fühlt, was er fürchtet oder hofft, der ganze Mann ist mir egal. Er ist raus aus meinem Leben.«

Ihr Blick ging zum Telefon, dann zur Tür, dann wieder zum Telefon.

»Hast du es schon mal so gemacht? Kann er kapieren, was los ist?«

»Ich bin schon mal beim Streiten einfach aufgestanden, ja. Und erst nach paar Stunden wieder heimgekommen. Zweimal sogar. Beim zweiten Mal bin ich nach Hause gefahren, wie jetzt.«

»Soll ich ihm das sagen, wenn er hier vor der Tür steht? Dass du fertig bist mit ihm?«, fragte Paul.

»Ja. Aber besser ist, wir machen einfach nicht auf. Und das Telefon nehmen wir nicht ab.«

Paul stand auf, ging zum Telefon und legte den Hörer daneben.

Die Zigarette war aufgeraucht und ausgedrückt, Carolin starrte wieder zum Fenster, und irgendwann liefen ihr Tränen übers Gesicht. Paul tat nichts. Er war nur da.

»Ich bin so eine dumme Kuh«, sagte sie, »ich fall auf die Falschen rein.«

Paul wagte es nicht, aufzustehen und sie in den Arm zu nehmen, und er wusste nicht, was er sonst tun konnte, um ihre Tränen zu stoppen, also schlug er vor, für diese Nacht in die verwaiste Wohnung einen Stock höher umzuziehen. Carolins Angst, ihr Freund könnte jederzeit vor der Tür stehen, war offensichtlich, ihre Nervosität so fiebrig, dass sie sich auf ihn übertrug und er sich schon selbst dabei ertappt hatte, dass er zur Tür sah und auf Schritte von draußen lauschte.

»Jorge kommt erst am Sonntag zurück. Ich hab seinen Schlüssel, weil ich die Fische füttere. Wir könnten unsere Bettdecken mitnehmen, dann schlaf ich auf dem Sofa und du kriegst das Bett.«

Außer dem Bettzeug nahmen sie noch die Teekanne, zwei Tassen und Carolins Zigaretten mit. Jorge war selbst Raucher und würde nichts merken. Er unterrichtete Gitarre an der Musikhochschule und fuhr so oft er konnte zu seiner Familie nach Bilbao.

Die Wohnung war geschnitten wie Pauls, aber spartanisch eingerichtet. Im Wohnzimmer das Aquarium, ein Tisch und vier Stühle, in dem Zimmer, das Carolins entsprach, ein Sofa, eine Stereoanlage, ein Regal mit Schallplatten und eins mit Büchern, und im Schlafzimmer eine große Matratze, eine Kommode, eine Kleiderstange und ein Stuhl.

Sie setzten sich ein bisschen fremdelnd und verlegen in die Küche, Paul sah auf das Bild hinter Carolin an der Wand, *Il quarto stato – Der vierte Stand*, ein vornehmlich in Brauntönen gehaltenes Breitformat mit entschlossen auf den Betrachter zugehenden Bauern.

Dieses Bild hatte den Film *1900* von Bertolucci eröffnet. Es lag minutenlang unter dem Vorspann, füllte die ganze Leinwand aus, bis es sich auf einmal bewegte, und die eben noch nur gemalten Figuren als leibhaftige Menschen gemessenen Schrittes auf die Zuschauer zukamen.

»Ich glaube, jetzt hab ich doch Lust auf Wein«, sagte Paul, »du auch?«

»Ja.« Sie stand auf, aber er war schneller und sagte, er hole die Flasche. Sie schien erleichtert, hatte noch immer Angst, ihr Stefan könnte im Treppenhaus auftauchen.

～

Als Paul mit Flasche und Gläsern zurückkam, war sie in das Zimmer mit der Stereoanlage umgezogen und hatte eine Platte aufgelegt. David Qualey, leise Gitarrenmusik. Paul lehnte sich mit dem Rücken ans Sofa und streckte die Beine auf dem Boden aus, obwohl sie ihn einlud, sich neben sie zu setzen. Er fand, dann sähen sie aus wie in einer Szene von Loriot, und außerdem strecke sich die schöne Frau auf dem Sofa aus, das sei Gesetz, könne man in jedem Museum auf jedem zweiten Ölgemälde sehen, und sie lachte, legte ihre Beine hoch und rückte den Aschenbecher so heran, dass sie ihn mit einer Armbewegung benutzen konnte. Die Musik erfüllte den Raum und mischte sich mit dem weichen Rauschen in Pauls Ohren.

Später, als er aufstand, um die Platte umzudrehen, sah Paul, dass Carolin eingeschlafen war, holte ihre Decke aus dem Schlafzimmer und breitete sie über ihr aus. Dann ging er leise nach nebenan, zog Hemd und Hose aus, legte sich an den äußersten Rand der Matratze und schlief ebenfalls ein.

Irgendwann in der Nacht lag sie neben ihm unter ihrer Decke, das Kleid hing über dem Stuhl, auf dem auch seine Sachen lagen, und er glaubte, nicht wieder einschlafen zu können. Ihre Nähe war aufregend, ihre dunklen Locken, die sich über das Kissen ergossen, ihr Zimt-und-Mandarine-Geruch und das leise Geräusch ihres Atems, aber er nahm die Aufregung in seine Träume mit, aus denen er mit einer Erektion erwachte.

Sie war weg, und als er in die Wohnung kam, hatte sie ein Frühstück gemacht mit Eiern, Orangensaft und

Toast. Der Telefonhörer lag noch immer neben dem Apparat.

Das Parkhaus unter dem Museumsquartier ist halb leer, sodass er bequem in einen Parkplatz einbiegen kann, ohne die Hilfe der piependen und blinkenden Technik in Anspruch nehmen zu müssen. Paul nimmt Koffer und Mantel aus dem Auto, geht nach oben und nach draußen auf den weiten und fast leeren Platz.

Das Rollgeräusch des kleinen Koffers ist erträglich, der Boden glatt, nur die Fugen zwischen den Platten erzeugen ein gedämpftes Klopfen, das als Rhythmus für eine innere Melodie herhalten könnte.

In der Mariahilfer Straße ist noch Betrieb, kein Strom von Menschen, eher ein locker und entspannt wirkendes Rinnsal aus Richtung Hofburg mischt und durchdringt sich mit einem aus der Gegenrichtung vom Westbahnhof. Junge, überschminkte Frauen mit großen Papiertaschen und Männer in Sportkleidung mit aggressiv wirkenden Haarschnitten prägen das Bild, während ältere, eleganter oder wenigstens dezenter inszenierte Menschen in der Minderheit sind. Die teureren Geschäfte sind im ersten Bezirk, hier im sechsten deckt sich der Normalbürger mit Kleidern, Elektronik und Kosmetik ein.

In einem Schaufenster sieht Paul sich im Vorbeigehen und erschrickt. Das ist ein alter Mann. Weiße Haare, Brille, Schal und Mantel, kein Greis, aber ein alter Mann. Beim Rasieren sieht er sich jeden Tag im

Spiegel. Da ist er nicht alt. Im Vorbeigehen, mit dem Blick eines Fremden, ist er alt.

Ich bin da, schreibt er an Schubert, *in der Mariahilfer kurz vor Starbucks. Wo muss ich hin?*

Er behält das Telefon in der Hand und überlegt, ob er Lust auf einen überteuerten Espresso hat, entscheidet sich aber dagegen, und ist keine zehn Meter weiter als Schuberts Antwort eintrifft: *Vielleicht dreihundert Meter weiter, dann geht's rechts in die U-Bahn Neubaugasse. Direkt hinter Peek und Cloppenburg. Nicht runter in die U-Bahn, sondern gradeaus in den Hinterhof. Das Hotel ist gut versteckt. Ich warte vor dem Eingang.*

Also raucht er noch immer, denkt Paul. Seit sie sich kennen, hat Schubert sich durch nichts davon abbringen lassen. Nicht durch zwei Jahre Los Angeles, nicht durch die inzwischen allgegenwärtigen Rauchverbote in Zügen, Restaurants und Cafés, und nicht durch die Tatsache, dass er damit längst zu einer Art Freak geworden ist. Das ist eine Kultur, sagt er, wenn man ihn darauf anspricht, die gibt man nicht auf, nur weil andere das tun.

Paul hat sich nie daran gestört und geht mit Schubert nach draußen, wenn der Lust auf eine Zigarette hat, obwohl das in der kalten Jahreszeit oft ungemütlich ist.

In rauchgeschwängerten Räumen spielten sich, als es noch selbstverständlich war, viele der schönsten Szenen seines Lebens ab. Seltener Liebesnächte, aber oft deren Vorlauf in Bars, Diskotheken, auf Partys oder Empfängen, das Zusammentreffen mit beeindruckenden Menschen, Autoren, Verlegern und Intellektuellen oder Künstlern – die Rauchwolke schien sie zu verbinden, war eine Art gemeinsamer vergrößerter Aura – danach die Kleider lüften zu müssen, war ein angemessener Preis.

Paul hat das Rauchen im Studium aufgegeben und nie wieder damit angefangen, obwohl sein Asthma schon auf der Nordseeinsel verschwunden war. Das Nikotin hatte sich einfach nicht als die passende Droge für ihn erwiesen.

Vorbei an einer Sandwichbude, einem Lederdiscount und einem Bäckerladen geht er durch die ärmlich wirkende Passage und kommt in einen großen Hinterhof mit Einfahrt zur Tiefgarage des Hotels und einem Portal, das hier völlig deplatziert wirkt, weil ringsum nur die Rückseiten der Häuser stehen. Kein Gehweg, kein Laden, keine Fußgänger, nur Beton und eine allgegenwärtige Kargheit, die als Umgebung für Mülltonnen oder Geräteschuppen infrage käme, nicht für das Portal eines Vier-Sterne-Hotels.

Schubert hat wirklich eine Zigarette in der Hand und kommt Paul entgegen. Sie umarmen sich, und Schubert sagt, er warte hier unten, bis Paul eingecheckt habe, dann könnten sie los.

»Noch immer nichts von ihm gehört?«, fragt Paul.

»Nichts«, sagt Schubert.

»Okay, bis gleich.«

～

Er stellt seinen Koffer in das geräumige und saubere Zimmer und ist fünf Minuten später wieder unten bei Schubert. Sie gehen wieder durch diese seltsame Passage, die jetzt noch vernachlässigter wirkt, weil die Geschäfte inzwischen zugemacht haben.

Auch auf der Mariahilfer Straße hat sich das Bild gewandelt, die Passanten sind weniger geworden, ein Polizeiwagen fährt im Schritttempo nach Westen, und die elektronischen Displays mit Reklame wirken auf einmal wie das forciert futuristische Bühnenbild einer Oper.

Es ist nur eine kurze Strecke, vielleicht zweihundert Meter bis zur Kirche und dann links. Barnabitengasse Nummer Acht ist eine ehemalige Klavierfabrik, aufgeteilt in Wohnungen, die einen Innenhof umschließen. Am Tor zur Straße gibt es neun Klingeln, Schubert drückt auf die mit dem Schild *M und G Abel.* Keine Reaktion. Er drückt probeweise gegen die Tür, und sie geht auf. Die Schließmechanik tut ihren Dienst nicht mehr zuverlässig.

Im Hof ist nur eine kleine Wohnung im ersten Stock erleuchtet, alle anderen wirken verlassen.

»Meinst du, er sitzt im Dunkeln?«, fragt Schubert und ruft, ohne Pauls Antwort abzuwarten, zuerst halblaut, dann richtig laut Georgs Namen.

Sie hören eine Tür gehen, dann Schritte in ihrem Rücken, und dann steht eine Frau mit grünen Haaren auf dem eisernen Balkon, der die beiden einander gegenüberliegenden kleinen Wohnungen mit dem Stiegenhaus verbindet. Sie hat eine blau und rosa gestreifte Decke um die Schultern gelegt und hält etwas in der Hand, das ein Handy, eine Zigarettenschachtel oder vielleicht auch ein Pfefferspray sein könnte.

»Suchen Sie jemanden?«

»Ja, Herrn Abel«, sagt Paul, »entschuldigen Sie den Lärm. Wir dachten, er ist vielleicht da und hat nur kein Licht an.«

»Ihn hab ich heute noch nicht gesehen, aber ein anderer Herr war da, bis vor einer Stunde oder so.«

»Danke«, sagt Schubert, »und entschuldigen Sie noch mal. Wir versuchen's einfach morgen wieder.«

Sie nickt und bittet darum, das Hoftor ganz zuzuziehen. Sie nicken ebenfalls und tun wie ihnen geheißen, möglichst laut, in der Hoffnung, sie hört es von ihrem Balkon aus.

»Und jetzt?«, fragt Schubert.

»Nachdenken«, sagt Paul, »und essen. Und morgen früh noch mal versuchen.«

»Ist dir nach Bewegung?«

»Unbedingt.«

»Café Engländer?«

»Ja.«

Der Himmel ist zwar grau, aber kalt ist es nicht. Sie gehen zügig durch die Gumpendorfer Straße an der Kunstakademie vorbei und über den Opernring Richtung Stephansplatz. Vor der Albertina mit Blick auf die Skulpturengruppe von Hrdlicka setzen sie sich auf die Treppe, damit Schubert eine SMS an Ellen schreiben kann. *Weißt du die Adresse von Georgs Atelier? Vielleicht ist er dort, in der Wohnung ist alles dunkel.*

»Wie gehts Caro?«, fragt Paul, als sie aufstehen und ihren Weg fortsetzen.

»Gut. Sie drückt uns die Daumen, dass wir ihn trösten können.«

»Dazu müssen wir ihn erst mal finden.«

Sie gehen schweigend über den Graben, den Stephansplatz und die Wollzeile, sagen lieber nichts, als dass sie den anderen mit ihrer Angst, Georg könne sich wirklich umgebracht haben, anstecken.

Das Café ist nur locker besetzt, sie finden einen Platz im vorderen Raum und bekommen ihr Essen nach zehn Minuten. Zeitgleich mit einer SMS von Ellen: *Schönbrunner Straße, die Hausnummer ist irgendwas in den Sechzigern. Vorn ist ein Asia-Imbiss, das Atelier ist im Hinterhaus im Erdgeschoss.*

»Das liegt fast auf dem Heimweg«, sagt Schubert, »da gehen wir vorbei.«

Es will kein Gespräch aufkommen. Beide starren auf ihr Essen, Paul auf sein Schinkenbrot mit Kren und Schubert auf seinen Fisch, von dem er die Hälfte liegen lässt. Nach dem Bezahlen, als sie schon fast aus der Tür sind, wird Schubert von einem Schauspieler aufgehalten und muss plaudern über die Berlinale von vor vier Jahren, bei der man sich das letzte Mal getroffen hat, und einen gefloppten Arthouse Film, bei dem der Schauspieler Regie geführt und für den Schubert die Musik geschrieben hat. Paul kann sich nach draußen verziehen, sodass er nicht lächelnd und kopfnickend danebenstehen muss.

Noch im Herauskommen zündet sich Schubert eine Zigarette an, und sie gehen los. Diesmal zum Ring und um den ersten Bezirk herum in Richtung Oper, Karlsplatz und Naschmarkt.

»Man soll ja nicht schlecht über Tote reden«, sagt Schubert, als sie am Musikverein vorbeikommen, »aber dass Georg diese Frau so vergöttert hat, versteh ich bis heute nicht.«

»Ich auch nicht«, sagt Paul, »es hat immer so ausgesehen, als ob er der Einzige ist, der die Herablassung und den Dünkel dieser Frau übersieht. Manchmal hab ich gedacht, er redet sich seine Liebe zu ihr ein.«

»Warum sollte er das tun?«

»Um sich zu beweisen, dass er Carolin nicht nachtrauert vielleicht?«

Schubert sagt nichts. Über Carolin zu reden, darüber, dass Paul sie an Georg und dieser sie an Schubert verloren hat, ist ein Tabu, seit ihre Freundschaft wieder intakt ist. Jeder bewahrt sein intimes Bild der Erinnerung für sich, aus Respekt vor ihr, und auch weil es schlechter Stil wäre, vielleicht sogar Verrat, das, was nur das Paar anging, mit den anderen zu besprechen.

Wenn sie zusammen sind, dann wie Familie, vertraut und unkompliziert, man kennt sich und man liebt sich und man lässt die gemeinsame Geschichte dort, wo sie hingehört, in der eigenen Erinnerung. Zu erklären gibt es nichts mehr. Es ist wie es ist.

Nach nunmehr fast fünfzig Jahren ist die erotische Komponente zur Marginalie geworden, etwas Zartem, das sich längst verflüchtigt hat und nur noch wie ein vager Duft oder ferner Klang ins Bewusstsein weht. So ist es zumindest für Paul, dessen Bild von Carolin sich längst in ein Ideal verwandelt hat. Ein verlorenes Ideal. Ob Georg ebenso oder zumindest ähnlich empfindet, weiß er nicht, er nimmt nur an, dass dieser genauso fühlt.

Für Schubert gilt das naturgemäß nicht – er hat eine vierzigjährige Gegenwart mit ihr, eine Ehe mit allem, was dazugehört, Verletzungen, Dramen, euphorischen Momenten, Mühen, Ängsten, Glück und Banalitäten – für ihn ist Carolin keine Legende, sondern die Frau seines Lebens.

Der Bamberger Freund versuchte es gar nicht erst in der Augustenstraße, sondern passte Carolin in der Universität ab, wo sie sich nicht vor ihm verstecken konnte. Sie schaffte es, ihm zu erklären, dass sie ihn nie wiedersehen wolle, er wandte sich voller Verachtung ab, ging seiner Wege und meldete sich nie wieder.

Karl der Soziologe war im Oktober aus- und bei einer alleinstehenden Lehrerin eingezogen, und weil Paul es genoss, die Wohnung nur mit Carolin zu teilen, tat er nichts, um einen Nachfolger zu finden.

Die Atmosphäre hatte sich geändert seit der Silvesternacht in der oberen Wohnung. Sie waren kein Liebespaar, aber sie unternahmen immer öfter gemeinsam, was sie bisher alleine getan hatten. Kinobesuche, Konzerte in der Drehleier, im Domicil oder Marienkäfer, Lesungen oder Museumsbesuche, und sie aßen immer öfter zu Hause, lasen, hörten Musik, unterhielten sich über das Gelesene oder im Studium Gelernte. »Wir sind echte Streber«, sagte Carolin manchmal, und Paul fand, das mache sie originell, man sei damit schon wieder Außenseiter.

Hin und wieder tauchte sie nachts in seinem

Zimmer auf und fragte, ob er noch Platz im Bett habe, und dann schliefen sie, jeder auf seiner Seite, ohne sich zu berühren, wie Geschwister oder eben Freunde, deren Verbindung die der Körper nicht miteinschließt.

Das war für Paul eine Art süßer Tortur, die er stoisch ertrug, weil er überzeugt war, dass mehr ihm nicht zustand. Schöne Frauen wie sie waren nicht für banale Männer wie ihn vorgesehen. Sie hatten Freunde oder Verlobte mit Haarschnitt, die Tennis spielten, Sportwagen fuhren, eine Firma erbten und weiße Pullover lässig um die Schultern gelegt hatten, sie tranken Champagner, schlürften Austern bei Dallmayr und flogen nach Paris oder Rom, nur um dort ein Wochenende zu verbringen.

Was Paul damals nicht wusste, war, dass auch schöne Frauen einsam sein können, zumal wenn sie sich nicht für oberflächliches Geplänkel interessieren, und, wie Carolin, von ihrer Schönheit offenbar selbst nichts wissen. Sie werden bedrängt von selbstbewussten Gewinnertypen, eben jenen mit Haarschnitt und Erbschaft, und gemieden von den vielleicht interessanteren Männern, deren Ehrfurcht sie daran hindert, sich für ebenbürtig zu halten.

Wäre ihm das damals klar gewesen, hätte er sich allerdings erst recht als zweite Wahl verstanden, den notorischen besten Freund, der als Platzhalter für den noch nicht aufgetauchten Traummann dient. Er war nicht interessant. Er mochte hinreichend intelligent, bildungshungrig und offen für Neues sein, aber zu bieten hatte er nichts außer angelesenem Wissen, einem freundlichen Wesen und einem Traum, den er mittlerweile schon fast verworfen hatte: eines Tages zu schreiben.

Außer Georg und Schubert wusste niemand von diesem Traum, ihn Carolin anzuvertrauen wäre so etwas wie Hochstapelei gewesen, das kam nicht infrage.

Paul genoss die Zeit, die sie mit ihm verbrachte, genoss die Blicke fremder Menschen auf der Straße, das nachdenkliche Reden und einvernehmliche Schweigen, und, obwohl er den Gedanken nicht loswurde, das Ganze sei ein Missverständnis, sie sehe etwas in ihm, das gar nicht da war, wuchs ihm durch ihre Gegenwart ein neues Selbstbewusstsein zu. Sie wollte wissen, was er dachte, sie wollte mit ihm im selben Bett schlafen, sie wollte mit ihm zusammen sein, nicht mit einem derer, die Schlange standen und versuchten, auf sich aufmerksam zu machen.

Erst als sie in einer sehr heißen Juninacht, in der alle Fenster offen standen, damit wenigstens ein bisschen Luft zirkulieren konnte, ihr Nachthemd auszog und nach seiner Hand griff, sie zu sich herzog und auf ihren Bauch legte, verstand er, dass sie ebenso schüchtern gewesen war wie er und jetzt genug hatte von dem Wir-sind-nur-Freunde-Theaterstück, das sie seit Monaten aufführten.

Es war peinlich, dass er, vom bloßen Anblick ihres Körpers, sofort kam, noch bevor er seine Unterhose hätte abstreifen können, aber diese Peinlichkeit war erlösend, denn sie sagte lächelnd: »Wir haben zu lang gewartet«, und er war erfahren genug, ihr Lust zu bereiten, und jung genug, um nach einer Viertelstunde wieder bereit zu sein.

~~

Als sie am Haus der Sezession vorbei zum Naschmarkt gehen, sagt Schubert: »Vielleicht ist da was dran.«

»Was? Woran?«

»An deiner Idee, dass er nur so über den Verlust von Caro weggekommen ist. Indem er seine Malin zur Göttin stilisiert hat.«

»Wir müssen das nicht besprechen«, sagt Paul, »es fühlt sich falsch an.«

»Ja«, sagt Schubert, »ist falsch. Es geht mir nur jetzt im Kopf rum, weil du mich drauf gebracht hast. Und ich denke wieder dran, dass er mit mir damals ebenso gebrochen hat wie du mit ihm davor.«

»Schnee von gestern.«

»Von vorgestern sogar. Über vierzig Jahre. Und längst egal.«

Paul tendiert nach links zur Schleifmühlgasse, aber Schubert, der das Majolikahaus wiedersehen will, schlägt vor, erst später abzubiegen, also bleiben sie vorerst auf der linken Wienzeile und nehmen die Kettenbrückengasse, die sie direkt zur Schönbrunnerstraße führt.

Es ist die Nummer siebenundsechzig. Die Hoftür neben dem Asia Restaurant ist geschlossen, und so spät am Abend können sie nicht mehr bei irgendwem klingeln, um nach dem Hausmeister zu fragen, also gehen sie unverrichteter Dinge zum Hotel zurück.

»Sind wir schlechte Freunde?«, fragt Paul, als sie den Parkplatz, der sich stadtauswärts an den Naschmarkt anschließt, überqueren. »Wir gehen davon aus, dass Georg verzweifelt ist, aber wir erklären seinen Schmerz zu einer Art Missverständnis, weil wir seine Frau nicht mochten.«

»Das stimmt nicht«, findet Schubert, »wir fühlen nur nicht mit ihm. Das ist was anderes.« Er zündet sich im Gehen eine Zigarette an, vielleicht die vierte, vielleicht auch die fünfte, seit sie vom Café Engländer losgegangen sind. »Wir respektieren seinen Schmerz, wir wissen, dass er leidet, wir wollen ihn trösten und ihm den Rücken stärken, wir haben ja nicht vor, ihm zu erklären, dass es um so eine blöde Schnalle nicht schade ist.«

»Nicht?«

»Nein. Wir sind keine schlechten Freunde. Ich hoffe, wir finden ihn. Diese brüske Art geht mir bei ihm allerdings schon lang auf die Nerven. Aber wenn man sich nur alle paar Monate mal sieht, dann steckt man so was eben weg. Erst recht in unserem Alter und wenn man sich jahrzehntelang kennt.«

»Wenn er sich brüsk umgebracht hat, dann ist der Ausdruck *auf die Nerven gehen* aber nicht ganz passend.«

»Glaubst du das? Traust du ihm das zu?«

»Ich weiß nicht.«

»Ich plädiere dafür, dass er sich irgendwo betrinkt oder irgendwohin abgehauen ist, wo ihn nichts an sein Leben hier erinnert.«

»Dann kann er überall sein.«

»Leider. Ja. Dann finden wir ihn nicht.«

Paul spürt die Müdigkeit nach der langen Fahrt und

dem Fußmarsch von mehreren Kilometern. Die Straßen sind leer, Kneipen und Bars geschlossen, und die wenigen Passanten streben eilig einem U-Bahnhof, einer Haustür oder einem irgendwo geparkten Auto entgegen. Sie kommen an mehreren Obdachlosen vorbei, die sich in Ladeneingängen eingerichtet haben, und als sie schließlich vor dem Hotel stehen, sagt Schubert: »Geh du schon, ich rauch noch eine.« Sie verabreden sich für halb neun am Morgen zum Frühstück. Paul nimmt den Aufzug. Für die Treppe ist er zu müde.

~

Ein halbes Jahr nach der Romreise, die nur bis Florenz führte, kam Schubert zur Vernissage von Georgs erster Ausstellung in einer kleinen Galerie am Ostbahnhof. Er blieb eine Woche, wohnte bei Georg, und sie streiften zu dritt durch das winterliche Nachtleben.

Schubert spielte zweimal auf der offenen Bühne im MUH in der Hackenstraße und wurde begeistert aufgenommen. Nach dem zweiten Auftritt sprach ihn ein Liedermacher an, der eine Platte aufnehmen und Schubert dafür als Gitarristen wollte. So kam es, dass er schon ein paar Wochen später wieder da war, tagsüber im Musicland-Studio aufnahm und abends mit Georg und Paul in Schwabing umherstreifte.

Danach lud er sie nach Stuttgart ein, wo seine neugegründete Band in einem kleinen Club namens Laboratorium ihr erstes Konzert gab. Sie spielten eigene Kompositionen, die meisten von Schubert und alle in englischer Sprache, hatten eine beeindruckende Sängerin und dreistimmige Vokalsätze. Das Publikum schien ein wenig mürrisch und skeptisch, aber die Musik war für Pauls Ohren grandios und hätte statt des müden Klatschens Bravorufe und Standing Ovations verdient.

Hinterher trafen sich alle in Schuberts geräumiger Wohnung am Marienplatz, tranken italienischen Wein, den Schubert kartonweise gelagert hatte, und aßen Pizza, die Bassist und Geiger der Band aus einem nahe gelegenen Lokal geholt hatten.

Die Musiker redeten über ihren Auftritt, über Songs und andere Musiker, über Orte, an denen man spielen konnte, und über Instrumente, sodass Paul sich langweilte und irgendwann auf einem der vier Sofas einschlief.

Als er wieder aufwachte, war es still und dunkel, auf den anderen Sofas schliefen andere Gäste, und er wollte schon aufstehen, um in der Küche nach etwas zu trinken zu suchen, als er merkte, dass es doch nicht so still war. Auf dem Sofa unterm Fenster war Bewegung.

Es war Georg, das erkannte Paul am Profil, das sich gegen das Licht von außen abzeichnete. Das Ganze sah aus wie ein Scherenschnitt oder wie chinesisches Schattentheater, Georg kniete auf dem Sofa, und vor ihm lag, weniger deutlich zu sehen, weil die Sofalehne zwischen Person und Licht war, eine Frau. Die Sängerin, nahm Paul an, denn sie war außer der Freundin des Bassisten die einzige Frau unter den Gästen gewesen.

Sie lag auf dem Bauch, Arme und Kopf auf der Sofalehne, also nahm Georg sie von hinten. Die beiden gaben sich Mühe, leise zu sein, sie atmete unterdrückt, er war überhaupt nicht zu hören, das Sofa gab nur eine Art hauchendes Geräusch von sich, und irgendwo aus dem Raum mischte sich ein Schnarchen in unrhythmischen Intervallen ins Klangbild.

Paul dachte einen Moment lang daran, die Augen zu schließen, aber das war unmöglich. Für Diskretion war das Geschehen zu anregend, und außerdem war nicht er der Spanner, sondern die beiden gaben eine Vorstellung. Sie konnten nicht erwarten, dass ein eventueller Beobachter sich abwandte.

Es war unbequem. Paul musste stillhalten und bald tat ihm das Genick weh. Die Aufführung, eine Mischung aus Anblick und Ahnung, war fesselnd und selbstverständlich auch aufregend, aber der Preis dafür war Bewegungslosigkeit und ein Anflug von Scham.

Als es vorbei war und Georg sich ermattet nach vorn fallen ließ, schloss Paul zwar seine Augen, aber er schlief nicht ein und wurde erst aus der ungemütlichen Lage erlöst, als er hörte, wie die beiden sich leise anzogen und nach draußen gingen.

Und er wagte sich erst in die Küche, als er das Schließen der Wohnungstür hinter ihnen hörte. Sie waren wohl zu einem Spaziergang durch die nächtliche Stadt aufgebrochen. Endlich konnte er aufstehen und in die Küche gehen, wo er Wasser aus dem Hahn trank, weil er nur Wein, Bier und Grappa sah.

~

Am Morgen beim Frühstück war den beiden nichts anzumerken. Sie tauschten kein einvernehmliches Lächeln oder unauffällige Blicke, plauderten unverbindlich wie alle anderen und hatten offenbar abgeschlossen mit ihrem nächtlichen Abenteuer.

～

Auf der Heimfahrt in Georgs altem Mercedes, der den Ford Transit nach dessen Ableben abgelöst hatte, fühlte Paul etwas wie Bewunderung für seinen Freund, der mit der linken Hand das Steuer hielt und mit der Rechten zu *Nights in White Satin* im Autoradio dirigierte. Die Frauen flogen auf ihn. Einfach so. Er spreizte sich nicht, gab sich nicht extra charmant oder weise oder souverän, er wirkte eher irritiert oder gar verwirrt in Situationen, die für jeden anderen ganz normal waren, er tat nichts, um für sich zu werben, und zog trotzdem die schönsten und interessantesten Frauen an wie das Licht die Motten.

In dieser Zeit war Paul schon mit Carolin allein in der Wohnung, und er freute sich auf zu Hause, hoffte, sie noch zu sehen, wenn sie aus Bamberg zurückkam, versuchte, sich selbst erotische Fantasien mit ihr in der Hauptrolle zu verbieten, konnte aber nicht verhindern, dass er darüber nachdachte, wie sich die Berührung ihres Hinterns anfühlen würde, wenn er so mit ihr schlafen dürfte wie Georg mit der Sängerin.

～

Es pendelte sich so ein, dass die drei Freunde sich alle paar Wochen trafen, Schubert kam nach München, Georg und Paul fuhren nach Stuttgart oder irgendwohin zu einem seiner Konzerte, unternahmen kleine Reisen in die Alpen, nach Wien, ins Elsass oder verbrachten die Wochenenden an irgendeinem Badesee in der näheren Umgebung.

Und fast immer gesellte sich eine beeindruckende Frau zu Georg und oft auch zu Schubert, aber nur selten zu Paul. Das war wohl Schicksal. Paul war unsichtbar.

Viel machte ihm das seltsamerweise nicht aus, obwohl er, wie jeder junge Mann, an fast nichts anderes dachte als Sex, und dem Zauber, den das andere Geschlecht auf ihn ausübte, hilflos ausgeliefert war. Er nahm es einfach hin, als eine Art Zaungast oder Anhängsel dabei zu sein, und ließ es ohne großen Gefühlsaufruhr geschehen, wenn sich doch mal jemand für ihn fand.

Er wusste es noch nicht, aber schon damals war er von seiner Mitbewohnerin Carolin so betört, dass andere Frauen, mochten sie noch so bemerkenswert sein, zusehends ihre Anziehungskraft einbüßten.

~

Aus dem Fenster sieht Paul nach dem Aufwachen zwar nur den Beton der gegenüberliegenden Gebäudewand, aber auf den scheint die Sonne, und als er den Kopf aus dem Fenster streckt und nach oben schaut, ist da ein blauer, wolkenloser Himmel.

Unter der Dusche fällt ihm auf, dass er durchgeschlafen hat. Das ist ungewöhnlich. Normalerweise wacht er zwei-, dreimal auf in der Nacht, trinkt etwas oder das Gegenteil, aber diesmal waren wohl die lange Fahrt und der lange Spaziergang durch die Stadt Anstrengung genug, um ihn für sieben Stunden abzuschalten.

Im Frühstücksraum sieht er Schubert an der Kaffeemaschine stehen, ein Mini-Croissant in der einen und ein fast aufgegessenes in der anderen Hand. Paul weiß aus Erfahrung, dass dies das ganze Frühstück sein wird, und er passt sich wie immer an, holt sich zwei kleine Croissants aus dem Korb und wartet neben Schubert auf den zweiten Cappuccino, den dieser schon per Knopfdruck für ihn auf den Weg gebracht hat.

Sie gehen nach draußen, wo Schubert sich die erste Zigarette des Tages aus seinem Etui nimmt und mit einem altmodischen silbernen Feuerzeug, das ihm Carolin zu seinem sechzigsten Geburtstag geschenkt hat, anzündet.

Sie reden nichts. Das langsame Hochfahren des Betriebssystems ist ihnen allen dreien gemein. Auch Georg ist ein Morgenschweiger. Früher hatten sie jeder eine Zeitung oder ein Buch als Alibi, Paul und Schubert irgendwann eher ein iPad oder Mobiltelefon, aber inzwischen sind Nachrichten aller Art als depressionsfördernd erkannt und verbannt. Vor sich hin schauen oder aus dem Fenster oder irgendwohin in den jeweiligen Raum tut es auch. Sie brauchen kein Alibi mehr.

Paul holt zwei zweite Cappuccini, und nachdem die ausgetrunken sind, bringt Schubert die Tassen zurück und Paul geht voraus durch die Passage, um auf der

Mariahilfer Straße zu warten. Dieser Hinterhof ist auch im schönsten Sonnenlicht bedrückend.

Als hätte er sich das auf dem Weg hierher zurechtgelegt, fragt Schubert: »Und wie ist das Rentnerleben?«

»Gleichmäßig«, sagt Paul, »es müsste sich eigentlich gedehnt anfühlen, aber mir kommt's eher komprimiert vor. Die Tage sind ruckzuck weg.«

»Denkst du darüber nach, jetzt endlich zu schreiben? Das wolltest du doch früher mal. Jetzt könntest du.«

»Ich weiß noch immer nicht, was.«

»Dein Leben vielleicht?«

»Ein Mann liest viele Manuskripte, von denen manche zu Büchern werden, von denen manche erfolgreich werden, von denen manche sogar bleiben – fetziger Plot.«

»Fetzig? Das Wort kommt aus den tiefen Siebzigern.«

»Gut erkannt. Bald danach kam geil.«

Sie können das Thema nicht vertiefen, denn sie sind schon vor der Kirche abgebogen, an einer Gruppe von Obdachlosen vor dem Caritas Betreuungszentrum in der Barnabitengasse vorbei und stehen vor der Nummer Acht. Schubert drückt die Klingel.

Sie rechnen nicht damit, aber aus der Gegensprechanlage kommt ein »Ja?« einer männlichen Stimme. Es ist nicht die von Georg.

Schubert beugt sich vor zu dem kleinen Mikrofon im Klingelschild. »Wir wollen zu Herrn Abel. Wir sind Freunde von ihm.«

»Der ist nicht da.«

»Wissen Sie, wo wir ihn finden könnten?«, fragt Schubert und runzelt dabei die Stirn, als fühle er sich durch diesen knappen Wortwechsel zum Bittsteller degradiert.

»Das wüsste ich auch gern«, sagt der Mann, und endlich ertönt das Summen der Türöffnung, »kommen Sie rein. Ganz hinten am Hof.«

»Wir kennen uns aus«, sagt Schubert und drückt das Tor auf.

Im Wohnungseingang steht ein etwa fünfzigjähriger Mann mit auffallend hellblauen Augen und ohne Haare. Die Ärmel seines ebenso hellblauen Hemdes sind hochgekrempelt, und er macht den Eindruck, als störe man ihn bei irgendeiner Arbeit.

»Schaller«, sagt Schubert und »Fehrenbach« Paul. »Wir wissen von Ellen, dass Malin gestorben ist und wollen helfen, falls Georg uns braucht«, fährt Schubert fort, »aber seit seinem Telefonat mit Ellen ist er offenbar verschwunden.«

»Ja«, sagt der Mann. »Kanter, ich bin der Schwager. Wo Georg sein könnte, weiß ich nicht, er ist einfach weg. Ellen hat mir zwei Namen von hiesigen Bekannten genannt, die vielleicht etwas wissen könnten, aber ich bin noch nicht dazu gekommen, sie zu suchen. Ich hab nur die Namen. Ich bin erst seit gestern Nachmittag hier und versuche, das Nötigste in Ellens Namen zu regeln. Kriminalpolizei wegen Obduktion und Freigabe, Bestattungsinstitut, Friedhof, Standesamt und so weiter.« Er nimmt eine Schachtel Zigaretten aus der Hosentasche und zündet sich eine an.

»Noch jemand?«, fragt er und streckt die Hand mit der Schachtel aus, Paul winkt ab, Schubert zieht sein eigenes Etui raus und zündet sich ebenfalls eine an.

»Wir gehen zum Atelier«, sagt er, »und wenn Sie uns die Namen geben, dann versuchen wir's auch bei denen.«

Der Schwager hält Schubert seine Zigarette hin: »Halten Sie mir die kurz? Dann hol ich mein Handy.«

Paul nimmt die Zigarette, und der Schwager verschwindet im Haus.

»Tauschen wir Telefonnummern aus«, sagt er, als er mit dem Handy zurückkommt und seine Zigarette wieder an sich nimmt, »dann können wir uns gegenseitig auf dem Laufenden halten.«

Er diktiert Schubert die beiden Namen, der notiert sie in seinem Handy, dann diktiert er seine Telefonnummer, und Schubert ruft ihn an.

»Viel Glück«, sagt er, als er gleichzeitig mit Schubert seine Zigarette in einem Aschenbecher auf der Fensterbank ausdrückt, »ich hoffe, Ellen macht sich umsonst Sorgen. Sie schien mir am Telefon ziemlich verstört.«

»Ja«, sagt Schubert, »den Eindruck hatte ich auch.«

Das Handy des Schwagers klingelt, er nimmt den Anruf an, entlässt sie mit einem Heben der freien Hand und geht zurück ins Haus.

Als das Hoftor sich hinter ihnen schließt, sagt Paul: »Der hat die Augen seiner Schwester. Dasselbe helle Blau. Wie Wasser.«

»Er scheint mir sympathischer als die Schwester«, sagt Schubert, und: »Das ist nicht schwer«, antwortet Paul.

Ein knappes Jahr nachdem Carolin zu Schubert nach Berlin gezogen war, hatte Pauls ständiges Bohren und Überreden endlich Erfolg, und Georg war bereit, sich mit Schubert auszusöhnen. Geholfen hatte sicher die Tatsache, dass er die neun Jahre jüngere Bremerhavener Reederstochter Malin kennengelernt hatte. Nach nur wenigen Monaten verlobten sich die beiden und zogen zusammen in eine großzügige Wohnung in der Isestraße.

Georg war aufgedreht und voller Schaffenskraft, er strahlte und hielt Hof in der Hamburger Künstlerszene, sonnte sich in seinem Erfolg, denn sein Galerist erzielte inzwischen ermutigende Preise, und die ersten Museen kauften Arbeiten an.

Vielleicht wurde ihm in dieser Zeit klar, dass er seiner neuen Liebsten nicht erklären konnte, weshalb er den Kontakt zu Schubert abgebrochen hatte, ohne sie auf die Tatsache zu stoßen, dass er den Verlust ihrer Vorgängerin nicht verwand. Wenn er sie nicht auf den zweiten Platz verweisen wollte, musste er für ein entspanntes Verhältnis zu seinem Nachfolger sorgen. Schubert zu verschweigen war nicht einfach, denn die regelmäßigen Telefonate mit Carolin wollte Georg weder missen noch verheimlichen, und überdies hätte Paul eingeweiht sein müssen, nie ein Wort über Schubert und Carolin fallen lassen dürfen, und diese Art von Geheimnis wäre zu kindisch gewesen.

Was auch immer schließlich Georgs Sinneswandel beförderte, Sehnsucht nach dem Freund, Rücksicht auf die Verlobte, oder der Wunsch, Pauls ständigem Bohren und der Wiederholung des Mantras »Wenn wir zwei das geschafft haben, dann schafft ihr zwei das auch« endlich nachzugeben: Er lud Schubert und Carolin zu seiner Vernissage in einer Berliner Galerie ein.

Schubert war in Berlin gelandet, als er nach sechs Semestern auf der Tonmeisterschule in Nürnberg vom Hansa Studio als Assistent eingestellt wurde. Carolin war von Hamburg aus zu ihm gezogen, hatte ihr Studium abgeschlossen und machte inzwischen eine Zusatzausbildung in einer Praxis am Olivaer Platz. Schubert richtete sich in einer ehemaligen Spenglerei in Kreuzberg ein eigenes Studio ein. Er hatte die Band aufgegeben und sich ganz auf Filmmusik kapriziert, arbeitete für den SFB und Radio Bremen und knüpfte die ersten erfolgversprechenden Kontakte mit der Bavaria in München, in der Hoffnung, den Sprung auf die Kinoleinwand zu schaffen. Oder in die Kinolautsprecher. Auf der Leinwand käme allenfalls sein Name im Abspann, den außer dem cineastischen Studentenpublikum niemand las.

Die Galerie in der Grolmanstraße war nicht sehr voll, der Galerist hatte seine Einführungsansprache schon gehalten, und das Geplauder mit Sekt und Kanapees war in vollem Gange, als Schubert eintraf, sich ein wenig unsicher umsah, bis er Paul und Georg im hinteren Teil des Raums an einen Mappenschrank gelehnt sah. Er breitete, noch in der Eingangstür stehend, die Arme ein bisschen aus, als frage er, ob eine Umarmung gestattet sei, bekam ein Kopfnicken von Georg als nonverbale Antwort auf diese nonverbale Frage und kam zu ihnen.

»Ich will jetzt wieder lieb sein«, sagte Georg, und sie umarmten sich wirklich. Dann sagte Schubert: »Ich mach das nie wieder«, und sie lachten alle drei.

Malin war nicht mitgekommen, Carolin ebenfalls nicht, also feierten die drei hinterher mit dem Galeristen in der Paris Bar, dann brachten Schubert und Paul den betrunkenen Georg in sein Hotel und gingen zu zweit, kaum weniger betrunken, quer durch Charlottenburg, weil Carolin und Schubert damals noch am Klausenerplatz wohnten und Paul bei ihnen zu Gast war.

»Und? Wie ist seine Neue?«, fragte Carolin beim Frühstück am nächsten Morgen, und Schubert antwortete ihr, sie sei nicht mitgekommen. Paul, der Malin schon von einem Besuch der beiden in München kannte, erzählte, aussehen würde sie wie die Venus von Botticelli, aber einen Draht zu ihr habe er nicht bekommen. Sie sei seltsam abwesend oder eingekapselt gewesen und nur damit beschäftigt, Georg anzuhimmeln. Für einen Blick auf seinen Freund oder gar einen Wortwechsel mit diesem habe sie keine Kapazitäten mehr übriggehabt.

»Es war mir peinlich«, fügte Paul hinzu, »danebenzusitzen und ihr Gegurre und Gehätschel und Gekicher mit anzusehen. Ich hab mich noch nie so überflüssig gefühlt.«

»Sie baut eine kleine Welt nur für sie beide«, sagte Carolin, »da sollst du nicht dazugehören.«

Von dieser kleinen Welt war ein halbes Jahr später nicht mehr viel zu sehen. Das Anhimmeln hatte aufgehört, als man sich anlässlich des dreißigsten Geburtstags von Schubert in der Toskana traf. Die irritierende Abwesenheit aber war geblieben.

Carolin und Schubert bemühten sich um Malin, bezogen sie bei jeder Gelegenheit ins Gespräch mit ein, integrierten sie mit Blicken, stellten ihr Fragen und versuchten, die unsichtbare Kapsel um sie zu durchdringen. Paul tat nichts dergleichen, denn er hatte aus der früheren Begegnung gelernt und war sich sicher, sie würde ihn ignorieren oder abwimmeln.

Und so erging es Schubert und Carolin, die kurze, spöttische und eigenartig irrlichternde Antworten kassierten, wenn sie Malin ansprachen, sodass ihr Engagement schließlich ebenfalls erlahmte.

Auch Georg bekam diese schnippischen und achtlos dahingeworfenen Bemerkungen zu hören, wann immer er sich am Gespräch beteiligte, aber er schien sich nicht daran zu stören. Er huldigte ihr, las ihr die Wünsche von den Augen ab und feierte sie wie ein Fan sein Idol.

Manchmal allerdings versank er in sich selbst und schien nichts mehr wahrzunehmen. Vielleicht war das eine Reaktion auf die Mühe, die er damit hatte, die Sticheleien seiner Freundin nicht an sich heranzulassen. Paul, Schubert und Carolin mussten ihn immer wieder aus dieser Selbstisolation herausholen. Das gelang umso besser, wenn Malin sich allein an den Pool oder in ihre Gästewohnung verzogen hatte.

»Vielleicht ist sie nur unsicher«, sagte Carolin bei

einem Spaziergang durch die naheliegende Zypressen-allee, »und kann es nicht anders überspielen.«

»Oder eifersüchtig?«, schlug Schubert vor.

»Ja«, sagte Carolin«, »das ist auch möglich. Sie ist auf jeden Fall nicht gern mit uns zusammen.«

»Vielleicht legt sich das ja noch. Wenn sie ihn fest am Bändel hat und nicht mehr fürchten muss, ihn zu verlieren«, sagte Paul.

»Du meinst, wenn sie sich seiner sicher ist, dann kann sie auch ihrer selbst sicher sein?«, fragte Carolin.

»Ich würd's ihr jedenfalls wünschen.«

»Da drück ich mal die Daumen«, sagte Schubert sarkastisch, wie er sonst eigentlich nie war.

Nach kurzer Zeit wunderte sich niemand mehr, wenn sich Malin jeder zweiten Unternehmung entzog, mal mit Kopfweh, mal mit Müdigkeit und mal mit Unlust als Begründung, oder zusammen mit Georg schon morgens verschwand, bevor die anderen überhaupt aufgetaucht waren und einen Vorschlag machen konnten. Dann lag ein Zettel für sie auf dem Terrassentisch von Schuberts und Carolins Wohnung, wo sie gemeinsam frühstückten.

~

Sechs Tage verbrachten sie so, wunderten sich über Georg, der sich mit seiner eigenen Hinwendung und Aufmerksamkeit selbst zu hypnotisieren schien und offenbar nicht wahrhaben wollte, dass seine Angebetete sich der Zuneigung unter ihnen dreien entgegenstellte. Carolin, Paul und Schubert versuchten, sich die Freude an San Gimignano, Siena, Certaldo und dem schönen Anwesen, in dem sie wohnten, nicht verderben zu lassen.

Das große Herrenhaus, eine Azienda mit riesigem Umland voller Oliven, Wein und Wälder, war prächtig und bescheiden zugleich. Die Pracht stammte aus der Barockzeit, Deckengemälde, Lüster, hohe Räume und ehrwürdige Möbel, die Bescheidenheit lag in den später dazugekommen Installationen wie Küchen, Heizungen und Elektrizität, die in den Vierziger- bis Sechzigerjahren eingebaut worden waren, um das Haus für Feriengäste zu öffnen. Im hinteren Teil lebte die Besitzerin, eine Gräfin aus Argentinien mit zwei Rottweilern, der Rest des Hauses beherbergte ein Hausmeisterehepaar und die Gäste.

Von der Terrasse von Carolins und Schuberts Wohnung aus sah man die Türme von San Gimignano, also saßen sie dort zusammen, ohne mit den anderen Gästen in Berührung zu kommen, die mit einer am Rand des Parks gelegenen Pergola vorliebnehmen mussten.

Auf dieser Terrasse saßen sie eines Nachts beim Schein einer dicken Kerze, lauschten den Nachtigallen und ergaben sich dem überwältigenden Duft des Jasminstrauchs nahebei, als Carolin sagte: »Ich glaube, ihr seid meine Familie. Ich bin froh, dass wir uns alle vier wieder haben.«

»Fünf«, sagte Georg.

»Jetzt grade nicht«, korrigierte Paul, denn Malin war längst in ihre Wohnung verschwunden.

Gott sei Dank, dachten alle außer Georg, aber keiner sprach es aus.

»Habt ihr schon mal vom Asperger-Syndrom gehört?«, fragte Carolin am nächsten Tag, als sie zu dritt in San Gimignano auf der Piazza Eis aßen.

»Nein«, sagte Paul.

»Das ist unter anderem eine Unfähigkeit, Gefühle bei anderen wahrzunehmen und überhaupt in Verbindung mit ihnen zu treten.«

»Glaubst du, das hat sie?«, fragte Schubert.

»Vielleicht«, sagte Carolin nachdenklich und versuchte, ihr Eis am Abrutschen von der Waffel zu hindern, indem sie es gezielt in eine stabilere Form zurückleckte, »wenn sie nicht einfach nur eine sehr blöde Kuh ist.«

~

»Vielleicht ist Wien die letzte Stadt im alten Westen, der man noch ihre Vergangenheit ansieht«, sagt Schubert nachdenklich, als sie in die Schönbrunner Straße einbiegen, »ich meine hier, außerhalb der Ringstraße, nicht im ersten Bezirk. Und nicht die illustre Vergangenheit, sondern den Alltag. Polsterer, Putzerei, Bürsten und Besen, Kneipen und Cafés, deren Einrichtung sich in den letzten siebzig Jahren nicht geändert hat ...«

»Außer der Kasse, dem Telefon und der Kaffeemaschine.«

»Da spricht der Lektor.«

»Ja. Deformation professionelle.«

»Keine Deformation«, sagt Schubert »das ist eine gute Eigenschaft. Genauigkeit macht den Unterschied zwischen Schund und Qualität.«

»Das sind Begriffe, die ich eher für Gegenstände verwenden würde, nicht für Gedanken oder Worte.«

»Ich wollte nicht Kitsch und Kunst sagen«, Schubert zündet sich wieder mal eine Zigarette an, »aber du hast schon wieder recht.«

»Du wolltest nicht Besserwisser sagen.«

Das Hoftor ist geschlossen. Im Restaurant nebenan legt eine asiatisch, vielleicht chinesisch aussehende Frau mit kurzen Haaren Tischdecken auf die draußenstehenden Tische.

Pauls Frage, ob sie den Hausmeister von der Nummer Siebenundsechzig kenne, ob sie seinen Namen wisse, beantwortet sie mit »Neina weißa nichta« und macht weiter mit ihrer Arbeit, ohne noch einmal aufzuschauen.

»Sedlacek«, sagt Schubert, »alle Hausmeister heißen hier Sedlacek.«

»Dann drück schon mal die Klingel.«

Schubert studiert das Klingelschild. »Hmm. Wohnt der woanders?«

Paul liest ebenfalls die Namen und schlägt vor, bei Semmig zu klingeln. Das sei am nächsten dran. Schubert tut es.

»Ja?«, fragt eine Männerstimme.

»Wir wollen zu einem Mieter hier im Haus, Professor Abel, er hat sein Atelier hier. Aber sein Name steht auf keinem der Klingelschilder. Wissen Sie zufällig, welches die richtige Klingel ist?«

»Naa, des wäs i need«, kommt im gedehnten Wiener Ton zurück.

»Würden Sie uns netterweise aufmachen, dann könnten wir im Hof ans Fenster klopfen«, fragt Schubert, und wieder zeigt sich diese Falte zwischen seinen Augenbrauen. Er scheint die Klingelsituation nicht zu mögen.

»Naa, des moch i need, Se kennat ja sonst wer sään.«

»Wir sind aber nicht sonst wer, sondern Freunde vom Herrn Professor.« Jetzt ist Schubert scharf geworden, sein Ton ist nicht mehr bittend, sondern fordernd: »Wie heißt denn der Hausmeister hier? Vielleicht ist der hilfsbereiter als Sie.«

»Des is da Brunner. Der missad eignlich do sän.«

»Danke. Vielen Dank.«

»Jo bittschön aa. Empfehle mich.«

Paul grinst über das ganze Gesicht, als Schubert sich zu ihm umdreht. »Der ist doch nicht echt, oder? Das ist ein Schauspieler, der den Wiener gibt.«

»Ich fürchte, der ist echt. Wir hatten's doch grad davon, was hier alles noch wie früher ist. Der Herr Semmig weiß noch, wie man mit Fremden spricht.«

Der Herr Brunner gibt sich zwar auch eher mürrisch, aber er kommt heraus und lässt sie in den Hof, wo sie an eins der beiden Fenster klopfen. Ohne Erfolg.

»Seine Frau ist gestorben, und er ist seither verschwunden«, erklärt Schubert, »wir haben Angst, er hat sich vielleicht was angetan. Könnten Sie mal reingehen und nachsehen?«

Er glaube, das dürfe er nicht, sagt Brunner, da müsse man doch die Polizei holen.

Bei Gefahr im Verzug dürfe man das auf jeden Fall, sagt Schubert, der Vermieter könne jederzeit die Räume betreten, und als Hausmeister sei er der Vertreter des Vermieters.

Herr Brunner beißt sich auf die Unterlippe, schaut ein wenig ins Leere, dann auf seine Armbanduhr, dann sagt er: »Woadns do, ich hol an Schlüssel«, und verschwindet für zwei, drei Minuten. Dann kommt er zurück, die Schlüssel und außerdem noch ein Mobiltelefon in der Hand und sagt, er dürfe sie aber nicht reinlassen, sie müssten hier warten.

»Klar«, sagt Schubert, »wir wollen nur wissen, ob ihm was passiert ist. Danke.«

Herr Brunner schließt auf und verschwindet nach drinnen. Als er wieder herauskommt, schüttelt er den Kopf und sagt, da sei schon länger niemand mehr drin gewesen. Auf der Staffelei stehe zwar ein halb fertiges Bild, aber alle Pinsel seien trocken, keine Farbtube sei offen, und alles sei voller Staub. Der Herr Professor sei ja vielleicht verreist.

»Das ist auch unsere Hoffnung«, sagt Schubert, »vielen Dank«, und sie verabschieden sich.

Draußen auf der Straße sagt Paul: »Nicht entmutigen lassen. Jetzt suchen wir die beiden Namen, die Ellen dem Schwager genannt hat, im Telefonbuch. Hoffentlich sind sie wenigstens selten.«

»Greiling und Sand«, sagt Schubert nach einem Blick auf sein Handy, dann tippt und wischt er gleich weiter, um die Telefonbuch-App zu befragen. Die gibt bei beiden Namen nichts her, also sucht er weiter und findet eine Internetseite mit allen Namen in Wien.

»Siebzehn Greilinger und einen Greiler gibt es«, sagt er dann, »aber keinen Greiling.«

»Es könnte ein Verhörer sein. Greiling und Greilinger sind ähnlich, oder?«

»Moment, ich schau mal nach Sand.«

Er schüttelt den Kopf. »Sanda, Sandner, Sandig, Sander, Sandauer. Scheiße.«

»Ruf den Schwager an, ob er sich vielleicht verhört hat«, schlägt Paul vor, und Schubert tut es.

Der Schwager hat sich die Namen von Ellen buchstabieren lassen, kein Verhörer möglich. »Ich brauch Kaffee«, sagt Schubert, als er sich eine Zigarette angezündet hat, »und irgendwann auch Nikotinnachschub.«

Auf dem Weg zurück ins Zentrum finden sie ein Jugendstilkaffeehaus, in dem sie frühstücken und versuchen, ihrer aufkommenden Ratlosigkeit und Enttäuschung nicht nachzugeben. Die Telefonbücher der näheren Umgebung in Niederösterreich wären noch eine Option, aber wer sagt, dass die Herren Greiling und Sand nicht irgendwo sonst wohnen. Und wer sagt, dass sie nicht vielleicht nur noch Mobiltelefone haben und keinen Festnetzanschluss.

Eine Vermisstenmeldung bei der Polizei kommt auch nicht infrage, dafür ist es zu früh, Georg ist erst den zweiten Tag verschwunden, er ist erwachsen, nicht verwirrt oder dement, und sie sind keine Angehörigen. Man wird sie wegwinken wie lästige Fliegen.

Schubert versucht noch das Internet zu befragen, findet nichts unter Greiling-Wien und nichts außer unzähligen Baufirmen und -märkten unter Sand-Wien, und sie beschließen, in ein paar Stunden Ellen anzurufen und zu fragen, ob sie mehr als nur die Namen von diesen Leuten weiß.

»Und vorher gehen wir zur Kunstakademie und sehen uns dort mal um«, schlägt Paul vor, »vielleicht weiß ein alter Kollege von ihm was.«

Unterwegs findet Schubert einen Tabakladen und kommt mit einer ganzen Stange Zigaretten in einer kleinen Tasche wieder heraus.

»Wahnsinn«, sagt er, »die sind hier dreißig Euro billiger.«

»Dann leg dir einen Vorrat an.«

»Kann ich dir den in den Kofferraum packen, und du schickst mir von zu Hause ein Paket?«

Am Karlsplatz will Schubert ins Haus der Sezession. Das Beethovenfries von Klimt ist eine Art Heiligtum für ihn, das weiß Paul schon von früheren Besuchen. Er geht mit hinein, wie immer, obwohl ihn das, auch wie immer, melancholisch macht. Vielleicht auch neidisch. Er fühlt beim Anblick von Kunstwerken nicht das, was andere Leute fühlen. Er fühlt gar nichts. Er kann Bilder schön finden oder interessant, er kann ihre historischen Bezüge und sogar ihre handwerklichen Eigenarten sehen, aber Carolin, Schubert und natürlich Georg sind erschüttert, ergriffen, verzaubert, sie haben starke Empfindungen. Sie erleben etwas mit der Kunst, von dem er keine Vorstellung hat. Für ihn ist das nur ein Teil der Bildung, den er nicht missen will, aber missen könnte, weil er allenfalls etwas wie Konversationswissen in sich aufnimmt. Nichts, was ihn wie Musik oder Literatur zu bewegen vermag.

»Das ist Musik«, hat Schubert beim letzten Besuch hier vor dem Beethovenfries gesagt, »ich hör sie zwar noch nicht, aber ich will sie hören.«

»Du willst sie schreiben?«

»Ja. Ich kenne sogar schon ihre Gestalt. Schlank und pompös wie Vangelis. Zurückhaltend und stolz und klar. Viel Dur. Viel Neunerakkorde. Nur Synthesizer und Trompeten.«

Im Laufe der Jahre hatte sich bei jedem von ihnen ein Konvolut an Werken der anderen angesammelt. DVDs mit Filmen und CDs nur mit der Musik von Schubert, Kataloge, Postkarten und die eine oder andere Lithografie oder Radierung von Georgs skurrilen abstrakt-surrealistischen Bildern und, mangels eigener Schöpfungen, Bücher von Paul, auf die er stolz war, auch wenn sein Teil der Arbeit daran nur mal mehr und mal weniger für die Besonderheit des Ergebnisses verantwortlich war und niemand außer den Freunden und natürlich den Autoren selbst davon Notiz nahm. Sie lobten einander nur oberflächlich und beiläufig, wollten kein Urteil hören, es reichte der Respekt, den sie einander entgegenbrachten, die Ermunterung bei neuen Vorhaben, der Trost bei Rückschlägen, und die unausgesprochene Übereinkunft, dass jeder von ihnen am richtigen Platz im Leben gelandet sei und alles Lob, das ihm zuteil ward, verdiene.

Anlässlich von Schuberts Nominierung für den Oscar reisten sie nach Los Angeles, um als seine Gäste an der Verleihung teilzunehmen. Sogar Malin war dabei, die sich seit dem toskanischen Fiasko zu keiner gemeinsamen Unternehmung mehr hatte durchringen können, aber diesmal wohl in der Hoffnung auf Nähe zu den großen Stars eine Ausnahme machte. Als Georg den österreichischen Kunstpreis erhielt, schrieb Schubert ein Streichquartett für die Verleihungszeremonie. Paul konnte mit Ähnlichem nicht aufwarten. Für Lektoren gibt es keine Preise.

»Wir beide sind die Normalen«, hatte Carolin in einem Telefongespräch gesagt, »wir haben getaktete Arbeitszeiten, sind mit immer neuen Problemen konfrontiert und stehen in Verbindung mit dem wirklichen Leben. Wir schweben nicht so über der Welt wie die beiden Künstler.«

Paul hatte erwidert, er sei ein Zwischending. Seine Autoren würden manchmal auch schweben, nicht alle, aber manche, dabei hätten sie immer in irgendeiner Form mit der Realität zu tun, weil sie sie abbilden, interpretieren oder gegen sie anschreiben. Die Kollegen im Verlag seien allerdings normal.

»Meine Patienten schweben auch manchmal«, sagte Carolin, »aber sie schweben nicht gern. Sie wollen auf den Boden zurück. Dann bin ich auch ein Zwischending.«

Das war, bevor Georg seinen Ruf nach Wien bekam. Danach wurde er auch normal. Zumindest in dem Sinne, dass er ein festes Gehalt bezog und bestimmte Pflichten zu erfüllen hatte.

Seltsamerweise schien die Professur seine Karriere als Maler zu beeinträchtigen, oder es ergab sich einfach zur gleichen Zeit, dass er nicht mehr neu und nicht mehr jung war und sich der Kunstbetrieb nach und nach von ihm abwandte.

Vereinzelt kauften noch Banken, Versicherungen und große Firmen in Wien seine Bilder für ihre Vorstandsetagen und Eingangshallen, aber das war ein Strohfeuer, das bald erlosch. Irgendwann gab sein Galerist auf und sagte, er könne nichts mehr für ihn tun.

»Ich male jetzt für meine Gedächtnisausstellung«, sagte Georg und beklagte sich nie. Im Gegenteil. Er mochte seine Schüler und erwies sich als guter, wenn auch gelegentlich knurriger und wortkarger Lehrer.

In der Akademie herrscht eine schläfrige Stimmung. Kein Pförtner hält sie auf, als sie zielstrebig das Gebäude betreten und zu den Ateliers gehen. Zwei junge Frauen begegnen ihnen auf dem Flur und ein nicht mehr so junger Mann schließt gerade die Tür neben Georgs früherem Atelier ab. Er wirft ihnen einen flüchtigen Blick zu und will an ihnen vorbeihasten, als Paul ihn fragt, ob er hier Professor sei.

»Ja. Wieso?«

»Wir sind Freunde von Georg Abel, Ihrem ehemaligen Kollegen, und wir suchen ihn.«

»Ehemalig ist das Zauberwort«, gab der Mann zur Antwort, »hier ist er nicht.«

»Aber vielleicht jemand, der mit ihm so gut befreundet ist oder war, dass er uns sagen könnte, wo Georg sich hin verziehen würde, wenn er mal alles hinter sich lassen will?«

»Zum Beispiel Leute, die nach ihm suchen?«

Schubert atmet tief ein, lässt den Mann einfach stehen, wendet sich ab und geht den Flur hinunter Richtung Ausgang, aber Paul versucht, sich nicht entmutigen zu lassen und sagt: »Ja. Solche Leute. Aber die könnten auch einen guten Grund haben. Seine Frau ist vorgestern gestorben, und wir machen uns Sorgen um ihn.«

Der Professor schaut eher verdutzt als betroffen drein, macht aber eine Geste des Bedauerns mit den Händen, die er mit einem Heben der Augenbrauen begleitet: »Der Sand vielleicht. Mit dem seh ich ihn öfter. Aber der ist grad nicht in Wien. Er hat ein Haus in Ligurien, da ist er letzte Woche hingefahren. Er verlegt die Winterferien immer gern ein bisschen vor.«

»Wissen Sie wo in Ligurien?«

Pauls kleine Ansprache hat gewirkt, der Mann fließt auf einmal über vor lauter Hilfsbereitschaft. »Calice Ligure heißt das Dorf, oberhalb von Finale Ligure, kurz vor Alassio. Das Haus ist unterhalb, also vor dem Dorf, links von der Straße, mitten im Wald, es hat eine weiße Terrasse, ist aber sonst ganz aus Stein. Ich war mal da. Sehr schön.«

»Und haben Sie zufällig eine Telefonnummer von dem Herrn Sand? Dann könnten wir ihn fragen, ob Georg bei ihm ist.«

»Er hat nur ein Handy, und die Nummer weiß ich nicht. Und er heißt nicht Sand, das ist nur sein Künstlername, er heißt Karl Müller. Das passt nicht so gut zu riesigen Tableaus mit Teer, Erde, Mehl, Stroh und Betonspritzern, da passt Sand besser. Der Name ist praktisch Programm.«

»Das klingt nach Anselm Kiefer.«

»Der war sein Lehrer.«

Paul bedankt sich, und der Professor streicht sich durch die langen glatten Haare mit einer koketten Neigung des Kopfes, wünscht Glück bei der Suche und sagt noch, er hoffe, dass es Professor Abel den Umständen entsprechend gut gehe, und macht sich dann eiligen Schrittes den Flur hinab auf den Weg.

Paul ruft ihm noch nach: »Sagt Ihnen der Name Greiling etwas?«

»Nein«, gibt er zur Antwort und verschwindet mit einem angedeuteten Winken um die Ecke.

Schubert ist in dem kleinen Park vor dem Akademiegebäude und geht gerade in die Hocke, um seine aufgerauchte Zigarette am Boden auszudrücken. Er wird sie so lange in der Hand behalten, bis er an einem Papierkorb vorbeikommt, das hält er immer so. In der Art, wie er sich wieder aufrichtet, ist nichts Altes, Beschwerliches, dass er in einem halben Jahr siebzig wird, lässt sich allenfalls an seinen weißen Haaren ablesen, seine Haltung und seine Bewegungen sind souverän wie eh und je. Seine Kleidung unterstreicht diesen Eindruck noch, Hose, Jackett und Mantel, alles in Dunkelblau, fallen so weich und folgen so lässig seiner Kontur, dass er dynamisch und gelassen wirkt wie einer, der sich noch niemals im Leben stöhnend ins Kreuz gefasst hat.

»Eine Spur haben wir«, sagt Paul, als Schubert vor ihm steht.

»Hat sich der Fatzke doch noch zu Text durchringen können, ja?«

»Der will halt schlagfertig rüberkommen, das ist vielleicht sein Markenzeichen.«

»Ich kann die Sorte nicht mehr ertragen. Vielleicht hab ich schon zu viele von denen hofieren müssen oder ihnen zumindest nicht in die Fresse hauen dürfen. Ich kann das nicht mehr.«

»Zu alt für den Scheiß?«

Schubert lächelt breit. »Danny Glover in Lethal Weapon, Oscar nur für den besten Sound, an dem ich leider nicht beteiligt war.«

Paul lächelt ebenfalls breit.

~

»Was für eine Spur?«, fragt Schubert, als sie, ohne sich abgesprochen zu haben, die Richtung zur Gumpendorfer Straße einschlagen.

»Sand ist ein Professorenkollege und hat ein Haus in Ligurien. Das wär doch ein Versteck für einen, der weg will von der Welt, in der nichts mehr stimmt.«

»Dann müsste man diesen Sand mal anrufen.«

»Das geht nicht. Keiner kennt seine Nummer. Ich weiß, wie das Dorf heißt und in etwa, wo das Haus sein müsste, aber der hat garantiert keinen Festnetzanschluss, wenn er nur in den Ferien dort ist.«

Schubert bleibt vor einem Schaufenster stehen und sieht sich die Auslage an. Ein Schal hat es ihm angetan, und sie gehen rein, um ihn zu kaufen.

»Warum ziehst du ihn nicht an?«, fragt Paul, als Schubert bezahlt hat und der Verkäufer den Schal einpackt.

»Der ist für Caro«, sagt Schubert und legt das Päckchen in die Papiertasche mit den Zigaretten.

»Der würde dich auch schmücken.«

»Das sieht mir zu künstlerhaft aus. Fehlt nur noch ein Borsalino.«

»Der würde dir auch stehen.«

»Wenn du Künstler bist, musst du nicht auch noch für einen gehalten werden. Das wollen nur Zweitklassige und Schauspieler und Opernsänger. Die brauchen das. Ich nicht.«

»Was ist mit meinem?«, fragt Paul und deutet auf seinen Schal, »ist der künstlerhaft?«

»Du darfst das«, sagt Schubert, »Ausnahmegenehmigung. Ich bürge für dich.«

Sie sind ein Stück schweigend gegangen, als eine Stimme hinter ihnen ruft: »Hallo? Freunde von Georg Abel?« Der Schwager ist aus dem Café Sperl getreten und winkt sie zu sich. Er lädt sie ein, sich zu ihm zu setzen, und sie bestellen sich beide eine Melange.

Paul referiert die bisherigen Ergebnisse der Recherche, und der Schwager verspricht, später, so gegen sechs Uhr mit Ellen zu telefonieren und sie zu fragen, ob sie wisse, wer Greiling ist und wo man ihn erreichen könnte. Wenn es etwas Neues gibt, wird er sich melden.

»Wohnen Sie in der Barnabitengasse?«, fragt Schubert.

»Ja.«

»Dann kriegen Sie auch mit, wenn Georg wieder auftaucht. Vielleicht ist er ja irgendwo am Prater auf einer Parkbank aufgewacht und hat Sehnsucht nach einer Dusche.«

»Hat er so was früher schon gemacht? Ich meine Sauftouren?«

»Nein, soviel wir wissen nie«, sagt Schubert, »aber jetzt kann ja alles anders sein.«

»Ich melde mich bei jeder Neuigkeit. Versprochen.«

Als Paul sich nach dem Kellner umsieht, um zu bezahlen, winkt der Schwager ab und sagt: »Das geht auf mich.«

~

»Mangels besserer Ideen haben wir jetzt bis mindestens sechs Uhr frei«, sagt Schubert, »hast du Lust aufs Kunsthistorische Museum? Oder das Belvedere? Oder die Kirche am Steinhof?«

»Wenn ich mich erst mal eine Stunde hinlegen darf, mach ich alles mit«, antwortet Paul und gähnt, als müsse er diese Aussage vorspielen.

»Gute Idee«, findet Schubert, »altersgemäße Idee.«

»Merkst du was vom Altsein?«

»Nur im Spiegel«, sagt Schubert, »und vielleicht noch am Pinkelintervall.«

»So geht's mir auch«, antwortet Paul, »bis jetzt sind es nur Privilegien. Der miese Teil kommt erst noch.«

»Bitte recht spät.«

»Statistisch noch vierzehn Jahre«, sagt Paul.

»Der statistische Mittelwert setzt sich aber, wie du weißt, zusammen aus Leuten wie uns, die achtundneunzig werden und anderen, die mit sechzig sterben.«

»Das nenn ich mal eine brauchbare Allgemeinbildung.«

»Und das nenn ich Sarkasmus.«

»Ironie tut's aber auch für den Tatbestand, oder?«

»Wenn ich jetzt noch was sagen würde«, Schubert grinst, »dann hätte ich das letzte Wort.«

Im Fahrstuhl fragt Schubert, ob er Paul wecken solle, aber der verweist auf sein Handy, und sie verabreden sich für drei Uhr im Café Ritter, ein Stückchen weiter die Mariahilfer Straße rauf in Richtung Westbahnhof.

Im Zimmer angekommen gähnt Paul wieder, zieht sich aus und stellt den Wecker auf Viertel vor drei. Das ist eins der Privilegien, die er vorhin erwähnt hat: Schlafen dürfen am helllichten Tag.

Wie hat er das gehasst als Kind, wenn er die anderen draußen spielen hörte und selbst im dunklen Zimmer liegen musste, und jetzt seufzt er jedes Mal zufrieden auf, wenn er es darf.

Die Kinder, denen er beim Mittagschlaf so sehnsüchtig zuhörte, hätten ihn nicht mitspielen lassen. Aus irgendeinem Grund schnitten sie ihn, wann immer er versuchte, Kontakt aufzunehmen, vielleicht weil ihre Eltern ihnen den Umgang mit den Schreinerkindern verboten hatten, oder weil seine älteren Brüder sich einen Ruf als Schläger und Rabauken erworben hatten, was allerdings ihre Reaktion auf die Ausgrenzung war.

Die Schreinerei lief gut, die Familie galt als wohlhabend, sie hatten außer dem DKW Pritschenwagen für den Betrieb auch einen Lloyd, mit dem sie sonntags zu fünft Ausflüge machten, als niemand sonst in der ganzen Straße ein Auto besaß.

Vielleicht spielte auch eine Rolle, dass Pauls Vater nicht im Krieg gewesen war. Die Heimkehrer und Witwen in der Nachbarschaft konnten ihn als Drückeberger oder Verräter betrachten, der seine Schäfchen ins Trockene gebracht, während man selbst sich fürs Vaterland geopfert hatte. Niemand aus der näheren Umgebung kam zu ihnen, um einen Stuhl oder eine Schublade reparieren zu lassen.

Das machte nichts, denn überall wurde gebaut, und man brauchte Treppen und Einbauschränke, sodass die Schreinerei mit zwei Gesellen und einem Hilfsarbeiter alle Hände voll zu tun hatte.

Und Paul hatte ein Refugium ganz für sich allein. Er hatte den Zugang zu einem Keller entdeckt, der zwischen den Trümmern eines zerbombten Hauses in der Nachbarschaft versteckt war. Man musste zwei morsche Dielenbretter nach oben kippen, dann konnte man hindurchkriechen. Und man konnte auch das, was nach und nach die Möblierung seines Geheimlagers wurde, hindurchschieben. Eine Bierkiste aus Holz, zwei Kerzenständer aus der Kommode der Großmutter, einen schmalen Läufer, der zum Wegwerfen in einer Ecke des Holzlagers gelegen hatte und dessen Fehlen niemandem auffiel.

So richtig wohnlich war es nicht, was er schließlich alles in dem dunklen Gewölbe zusammengestellt hatte, aber es war seins, niemand fand ihn, niemand verhöhnte oder triezte ihn, und er konnte in Ruhe die zu Hause im Keller geklauten Einmachgläser leer essen.

Als er in die Grundschule kam, waren dort so viele Nachbarskinder, dass sich nichts für ihn änderte. Zwei Mädchen in seiner Klasse, die ein paar Straßen weiter wohnten, gaben sich zwar ein bisschen mit ihm ab, aber er konnte nicht viel mit ihren Angeboten anfangen. Vater-Mutter-Kind oder Puppe-und-Steifftier-streiten-sich waren einfach keine spannenden Spiele. Und Doktor war noch nicht dran.

Seine Brüder verachteten ihn, weil er jünger war, das reichte als Grund, also war Paul schon ein versierter Einzelgänger, als er endlich nach Norddeutschland ins Internat durfte. Dass sich dort dann die beiden Einzelgänger fanden und zusammentaten, war nur folgerichtig.

Sie hatten einander etwas zu bieten. Paul machte Georg mit dem Steppenwolf und weiteren Büchern von Hesse bekannt, und Georg hatte ein winziges Taschenradio, mit dem er Radio Caroline empfing und ihren musikalischen Kanon um die aufregenden Klänge von Hendrix, Procol Harum und der Spencer Davis Group erweiterte.

Am Ende doch noch einen Freund gefunden zu haben, war so überwältigend für Paul, dass er sich zum ersten Mal im Leben stark fühlte, sich selbst etwas zu-

traute und nicht mehr von Kleinigkeiten entmutigen
ließ. Alles war auf einmal anders. Die Welt war weit
und hatte Platz, den er nur, zusammen mit Georg natürlich, in Besitz nehmen musste.

Anfangs allerdings roch diese Welt nach nassen Ja-
cken, Linoleum und Bohnerwachs und war voller Regeln, das Städtchen war übersichtlich und erst recht die
Insel, auf der sich alles abspielte, aber der Horizont war
echt, nicht nur fantasiert wie der aus den unzähligen
Büchern, die Paul bis dahin schon gelesen hatte, und es
gab Schiffe, die das Meer überquerten, und alle Zag-
haftigkeit und Scheu, die ihn bisher gebremst hatte, lag
hinter ihm. Die Schiffe, Autos, Eisenbahnen und Flug-
zeuge warteten, um ihn in alle Himmelsrichtungen zu
bringen. Das Leben hatte angefangen. Die Kindheit
war nur ein Vorspiel gewesen.

~

Im Café Ritter stehen schon zwei Tassen Melange
auf dem Tisch, als Paul ankommt. Schubert tippt und
wischt auf seinem Handy herum, als wolle er nicht auf-
fallen unter all den anderen Besuchern, die dasselbe
tun.

»Tausend Kilometer, elf Stunden«, sagt er, als Paul
sich gesetzt hat, »das wär mit einer Übernachtung
drin.« Und als Paul ihn fragend ansieht: »Das Haus von
diesem Herrn Sand ist die beste Spur, die wir haben.
Wenn nicht heute Abend noch was Brauchbares über
Herrn Greiling rauskommt oder Georg wieder auftaucht, dann wäre ein kleines Roadmovie allemal bes-

ser, als hier herumzusitzen und zu warten, meinst du nicht?«

»Vielleicht«, sagt Paul, »wenigstens tun wir dann was. Allerdings wissen wir nicht, ob er uns sehen will.«

»Das wissen wir hier auch nicht.«

Schubert hat recht. Hätte Georg sich bei einem von ihnen gemeldet, dann wäre ihre Suchaktion weniger übergriffig, aber wenn er so verzweifelt war, dass er seine Freunde damit nicht belästigen wollte, dann müssten sie sich um ihn kümmern, ob ihm das passte oder nicht.

»Falls er dort ist und wir ihn stören, dann sagt er uns das und wir lassen ihn in Ruhe«, sagt Schubert, »ich will wissen, dass es ihm gut geht. So wie jetzt ist es schwer auszuhalten.«

Paul nickt. Alles ist besser, als hier zu warten.

»Also«, sagt Schubert, »Belvedere oder Kunsthistorisches Museum?«

»Zweiteres«, antwortet Paul, »das ist näher.«

Oben auf dem Treppenabsatz bleibt Schubert lange stehen, um sich die Dekorationsmalereien von Klimt anzusehen. Paul setzt sich auf die Stufen, obwohl das sicher nicht gern gesehen wird, aber niemand verscheucht ihn, und er könnte sich jederzeit auf sein Alter herausreden. Immerhin haben sie am Ticketschalter Seniorenkarten gelöst.

Schubert weiß, dass Paul ihm geduldig folgen wird, er kennt das von früheren Museumsbesuchen, deshalb geht er zügig zu den Bildern, die er wiedersehen will, Dürer, Arcimboldo, Bosch, Vermeer, Raffael, und sie sind nach vierzig Minuten durch. Viel zu sagen gibt es nicht, denn ihre Wahrnehmung ist so unterschiedlich, dass sie aneinander vorbeireden würden. Sie könnten einander ergänzen, aber das hätte ihnen vor dreißig oder vierzig Jahren einfallen sollen, jetzt sind sie alt und halten an ihren Vorlieben und Abneigungen fest, ohne noch groß zu fragen, ob es nicht auch anders ginge.

Paul hat einen literarischen Blick auf die Werke, er sieht die dargestellte Wirklichkeit, die Erzählung, wohingegen Schubert die Art der Darstellung sieht. Die Musik, die er sieht, liegt in Farbe, Komposition und Tiefe, nicht im Ausdruck von Gesichtern, der Bedeutung von Gesten, oder in historischen Kleidern oder Gegenständen. Das macht nichts. Man muss nicht alles teilen.

Sie schlendern durch die Josefstadt und erfreuen sich wieder an der Gleichzeitigkeit von Gestrigem, Vorgestrigem und Heutigem in den Schaufenstern der Läden. Installateursbedarf, Flansche, Siphons, Rohrverbindungen, neben Rucksäcken aus veganem Material, neben Lüstern aus dem letzten Jahrhundert. Sie kaufen nichts, schauen nur, so wie sie vorher im Museum geschaut haben. Kein Wunder, dass sie ins Erinnern verfallen.

»Weißt du noch, wie du früher auf Papier lektoriert

hast?«, fragt Schubert, »und wie du am Telefon und in der Bibliothek recherchieren musstest?«

»Das ist weit weg«, sagt Paul, »ich kann's mir kaum noch vorstellen. Stadtpläne, Lexika, Bildbände, Fahrpläne, Zeitungsarchive. Das war immer ein Berg, durch den ich mich gewühlt habe, und dann nur noch Internet, und alles ist da.«

»Und ich hab ein unfassbares Geld in Instrumente und Studiotechnik investiert, hab tagelang daran herumgeschraubt, und heute komm ich mit einem Zehntel des Geldes und einem Zehntel der Geräte zehnmal schneller voran.«

»Nur für Georg hat sich nichts geändert. Er steht vor der Staffelei und malt.«

»Ja«, sagt Schubert, »ein lebender Anachronismus. Der Fels in der Brandung.«

»Denkst du eigentlich dran, irgendwann aufzuhören?«

»Noch nicht. Ohne Arbeit seh ich mich nicht. Caro auch nicht. Ich glaube, wir wollen beide in den Stiefeln sterben.«

»Hast du noch viel zu tun?«

»Mehr denn je. Seit Netflix und Amazon weltweit produzieren, komm ich kaum noch hinterher.«

»Und gefällt es dir noch?«

»Eher selten. Es ist Handwerk zum Geldverdienen, und die Kunden verlangen funktionierende Klischees, aber dann funkelt eben doch hier und da mal eine Melodie oder eine Struktur, und ich bin versöhnt und freu mich wieder an meiner Arbeit.«

Nach einem Blick auf die Uhr schlägt Paul vor, zur

Barnabitengasse zu gehen und den Schwager nach Neuigkeiten zu fragen. Schubert findet, man müsse den Mann nicht extra belästigen, und holt sein Telefon raus.

Mehr als dass Herr Greiling gelegentlich mit Georg unterwegs war, weiß Ellen nicht. Sie wird am Montag spätnachmittags hier sein. Georg hat sich nicht gemeldet. Natürlich nicht.

»Haben wir Hunger?«, fragt Schubert.

»Haben wir?«, fragt Paul zurück.

»So was in der Richtung wohl schon. Und falls wir wieder ins Café Engländer wollen, kriegen wir den fehlenden Rest auf dem Weg dorthin.«

Diesmal ist es Paul, der von einem Schriftsteller angesprochen wird, als der Kellner gerade seine Frittatensuppe vor ihn hinstellt. Das Gespräch ist kurz, wie die unzähligen Gespräche, die er auf den Buchmessen in Frankfurt und Leipzig in den letzten vierzig Jahren geführt hat. Der Teller mit Suppe steht als Mahnung da, und sie verabschieden sich voneinander nach den üblichen Fragen und Antworten – Arbeiten Sie an was Neuem? – Ja, geht zwar zäh voran, aber geht immerhin voran – Das letzte ist sehr gut gelaufen, oder? – Ja, da hab ich Glück gehabt – Wie macht sich der neue Verleger? – Er hat noch Schonzeit, aber scheint im Verlag gut anzukommen.

»Habt ihr zusammengearbeitet?«, fragt Schubert.

»Es kam nie dazu. Ich hab ihn eine Zeit lang umworben, aber er wollte nicht wechseln.«

»Wie macht man das, wie umwirbt man einen Autor?«

»Man wedelt mit einem Scheck, man raunt von der Begeisterung aller im Verlag für seine Arbeit, man raunt von den guten Kontakten ins Ausland und den Übersetzungen, die noch möglich wären, man raunt davon, dass der Verlag, den er jetzt hat, sich wohl nicht so richtig für ihn einsetze, weil andere, berühmtere Autoren vorgehen würden, so etwa.«

»Vermisst du die Arbeit?«

»Ich weiß nicht, ob es mir wirklich fehlt, aber ich würde wohl weitermachen, wenn ich könnte. Aber nur im Verlag. Als Freier müsste ich jedes Mal ums Honorar verhandeln und mir zeigen lassen, wie wenig ich denen wert bin. Das passt mir nicht. Aber so richtig dran gewöhnt hab ich mich noch nicht. Es ist immer noch seltsam, die Zeit einfach so verstreichen zu lassen, ohne Ergebnis, ohne Struktur, ohne Deadlines. Die Tage gehen vorbei und abends bin ich müde.«

Schubert sagt, eigentlich müssten sie jetzt Enkel haben oder zumindest erwachsene Kinder, dann wäre das Leben mit der Sorge um die ausgefüllt. »Georg hat's hingekriegt«, sagt er, »wir nicht.«

»Ich hätte die richtige Frau dazu gebraucht«, sagt Paul.

»Ich hab sie«, sagt Schubert, »und es hat trotzdem nicht geklappt.«

»Ja«, sagt Paul und fragt sich, ob Schubert weiß, dass die richtige Frau, von der er spricht, auch die richtige für Paul gewesen wäre. Die Einzige.

»Das ist aber gut so«, fährt Schubert fort, »für Caro

und für mich. Wer weiß, was mit unserer Ehe passiert wäre, wenn wir uns über die Kinder gestritten hätten, wenn sie uns irgendwann wichtiger geworden wären als wir beide. Ich glaube, es ist uns gut bekommen, ein kinderloses Paar zu sein. Ein glückliches kinderloses Paar.«

»Meinst du, Georg war glücklich mit seiner Malin?«

»Nein. Aber ich glaube, er weiß das bis heute nicht. Eine Frau, die dich verachtet und bei jeder Gelegenheit herabsetzt, kann nicht dein Glück sein. Vielleicht wenn du ein Masochist bist, aber das ist er nicht, oder? Vielleicht hat er sich einfach nichts Besseres zugestanden, oder er dachte, das gibt es nicht. Viele Leute glauben, die Liebe sei so was wie ein hormoneller Bluff, damit man sich paart, und dann folgen zwingend Desinteresse, Abneigung oder Frustration. Oder sie glauben, Liebe sei eine Art Kitschvorstellung, etwas, das im wirklichen Leben nicht vorkommt. Eine Werbelüge und ein Kinomärchen. Eins ist jedenfalls sicher, seine Malin war nicht glücklich mit ihm.«

»Es sei denn, sie war eine Sadistin.«

Schubert lacht.

»Ein Scheusal war sie auf jeden Fall«, sagt Paul, »eine giftige Schönheit.«

Sie bestellen sich jeder noch ein Glas Wein und gehen damit vor die Tür, damit Schubert wieder rauchen kann.

Nach einem weiteren Small Talk mit einer Schriftstellerin, die ebenfalls zum Rauchen herausgekommen ist und Paul über den grünen Klee lobt, vielleicht weil sie an die Erfolge, die sie mit ihm zusammen hatte, später, nach ihrem Wechsel zu einem anderen Verlag, nicht mehr anschließen konnte, aber vielleicht auch, weil ihr Schubert gefällt und sie mit ihm über Bande zu flirten versucht, bezahlen sie und machen sich auf den Heimweg.

»Jetzt bin ich müde genug«, sagt Paul, »dieses Gelatsche den ganzen Tag geht in die Beine.«

»Morgen Roadmovie«, sagt Schubert, »da brauchst du nur den Gasfuß«, und sie gehen schweigend bis zum Hotel, jeder in seine eigenen Gedanken versunken.

Paul versucht, sich das Bild von Malin vor sein inneres Auge zu rufen, aber es ist verwischt wie das Bild *Ema* von Gerhard Richter, nur mit Kleidern. Viel besser als an ihr Äußeres kann er sich an sein eigenes Gefühl ihr gegenüber erinnern. Eine Art resigniertes Unbehagen, ein Warten auf das Ende der jeweiligen Situation, die Hoffnung auf das Nachlassen der inneren Alarmbereitschaft, in die ihn ihre Gegenwart immer versetzt hat. Vierzig Jahre lang.

Eigentlich hätte Malin einen Keil zwischen Georg und seine Freunde treiben müssen, so wenig wie sie unbezweifelbar von ihnen hielt. Aber sie tat es nicht. Ob deshalb, weil sie davon ausging, sich an Georgs Sturheit die Zähne auszubeißen, oder weil sie es der Mühe nicht wert befand – allenfalls Georg hätte auf diese Frage vielleicht eine Antwort gehabt, aber natürlich wurde sie ihm von keinem der Freunde gestellt.

Im Laufe der Jahre gewöhnten sich alle an diesen Zustand und warteten nicht mehr auf ein Ende oder wenigstens eine mildere Form der Distanz zwischen ihnen und Georgs Frau.

Als Ellen geboren wurde, hätten sowohl Schubert und Carolin als auch Paul gern die Patenschaft übernommen, aber Malin bestand auf ihrem Bruder Evert und setzte sich durch. Das änderte nichts daran, dass alle drei sich wie Onkel und Tante um das Kind kümmerten, wann immer Malin eine Auszeit brauchte. Das war immer öfter der Fall, sodass Ellen schon als Dreijährige ihren ersten Urlaub am Meer mit Georg und den Freunden verbrachte.

Paul als Alleinstehender war eher eine Art Zusatzonkel, der zu Besuch kam, während Schubert und Carolin so etwas wie Ersatzeltern für das Mädchen wurden. Sie holten es zu sich nach Berlin, als Malin nach einer Krebsdiagnose für ein paar Wochen im Krankenhaus lag und hinterher Bestrahlungen bekam, sie nahmen es in die Ferien mit und reisten durch Europa. Für Ellen waren die beiden bald wie eine zweite Familie.

Und zu Hause war Georg ein liebevoller und warmherziger Vater, der es im Alltag schaffte, Malins manchmal harsches und forderndes Wesen und vor allem ihre unstete, mal zärtliche und mal abweisende Art auszugleichen und immer stabil und verlässlich für seine Tochter zu sein.

Mit der Zeit wurde es üblich, dass sie die Ferien mit Carolin und Schubert verbrachte, und so war es keine Überraschung, dass sie sich schon als Teenager entschloss, zum Studium nach Berlin zu gehen. Ihr Wiener Klavierlehrer war enttäuscht und versuchte sie zu überreden, sich wenigstens an beiden Hochschulen zu bewerben, aber als es so weit war, hatte sie längst einen Lehrer in Berlin gefunden, der sie nach dem Abitur so vorbereitete, dass sie die Aufnahmeprüfung mit Bravour bestand.

Schubert und Carolin wohnten zu dieser Zeit schon am Steinplatz, nur ein paar Schritte von der Hochschule entfernt, also zog sie dort ein und übte auf Schuberts Bösendorfer-Flügel. Er schrieb sogar Parts für sie in seine Filmmusiken, die seine eigenen spielerischen Fähigkeiten überforderten, und sie spielte sie ohne Mühe ein.

Malin war nicht eifersüchtig auf die Beziehung zwischen Carolin und Ellen, ob aus charakterlicher Größe, was ihr niemand wirklich zutraute, oder Desinteresse, was für alle viel wahrscheinlicher war, jedenfalls zwang sie ihr Kind nicht, sich zwischen Carolin und ihr zu entscheiden, und sie redete wohl auch nicht schlecht über sie. Das Arrangement war von Dauer und funktionierte so geschmeidig wie unspektakulär. Nur ein freundschaftliches Verhältnis der Erwachsenen ergab sich daraus nicht. Die Distanz blieb bestehen, und niemand nahm mehr Notiz davon.

Ellen erlebte so manche Premiere ihres jungen Lebens zusammen mit Carolin und Schubert: den ersten Gips, die erste Menstruation, die erste Sommerliebe und den ersten Preis bei Jugend musiziert. Für sie war es ganz normal, zwei Familien zu haben. Kein Wunder, dass sie sofort bei Schubert angerufen hatte, nachdem ihr Vater ihr seinen Zustand offenbart hatte.

Beim letzten Besuch in Brandenburg ist Paul geflogen, deshalb kennt Schubert sein Auto nicht und staunt, als die Rücklichter blinken und der Kofferraumdeckel vor ihnen aufgeht. »Jaguar, das ist was für bessere Leute. Wirst du im Alter noch zum Snob?«

»War ich immer schon. Nur eben heimlich«, sagt Paul und verstaut ihre Koffer, »und du bist ein berühmter Musiker, mindestens dir steht es zu, so zu reisen.«

»Berühmt nicht, nur fleißig.«

»Und erfolgreich.«

»Aber irgendwo ein Stück weit auch ganz bescheiden und normal geblieben.«

»Mit Villa und Armani und Barolo.«

»Zigaretten nicht zu vergessen, die kosten jetzt ein Vermögen. Ich meinte aber automäßig. Caros Mini und mein Peugeot sind doch relativ bescheiden.«

»Aber nur relativ. Von hier aus ja, aber vom Opel Corsa aus nein«, sagt Paul und öffnet die Beifahrertür für Schubert.

»Ich meckere übrigens nicht«, sagt dieser und steigt ein, »ich bin begeistert.«

Die Rückfahrkamera lässt er unkommentiert, aber das schöne Interieur des Wagens findet nach einem Rundumblick ebenso seine Zustimmung wie das kaum wahrnehmbare Motorgeräusch, als sie aus dem Parkhaus ins Tageslicht fahren und auf den Ring Richtung Karlsplatz einbiegen. »Einverstanden«, sagt er, »so lässt sich's reisen.«

Nach etwa zehn Minuten wird der Landstraßer Gürtel zur Autobahn und sie gleiten im fließenden Verkehr dahin Richtung Süden.

Das Pickerl, die Autobahnvignette, die Paul schon in Deutschland an einer Raststätte gekauft hat, gilt noch für die ganze nächste Woche, der Tempomat sorgt für das erlaubte Tempo, das Wetter ist trüb, aber trocken, nur der Tank ist fast leer, also steuert Paul die nächste Raststation an. Es fühlt sich sinnvoll an, zu fahren, viel sinnvoller als in Wien Klingeln zu putzen und zu warten, ob der Schwager sich mit einer Neuigkeit meldet.

»Jetzt fehlt noch der geheimnisvolle Tramper«, sagt Schubert, als sie von der Tankstelle wieder auf die Autobahn einbiegen. »Mir nicht«, antwortet Paul, »der letzte, den ich vor einem Jahr in Luzern aufgelesen habe, schuldet mir noch hundert Euro. Ein Restaurator aus Polen auf dem Heimweg von Verona. Wenn seine Geschichte stimmt.«

»Du hast halt ein gutes Herz«, sagt Schubert grinsend, »das gibt es nicht umsonst.«

»Und bringt Karmapunkte. Falls die nicht für Dummheit und Gutgläubigkeit eher abgezogen als gutgeschrieben werden.«

Während Paul getankt hat, ist Schubert ein Stück vom Auto weggegangen, um schnell noch eine Zigarette zu rauchen. Paul verspürt einen kleinen Anflug von Sadismus, nachdem sie wieder gestartet sind, und denkt, mal sehen, wie lange er braucht, bis er es nicht mehr aushält, aber er schämt sich dafür und sagt: »Du kannst hier drin rauchen. Die Lüftung schafft das alles weg.«

Schubert zündet sich nicht sofort eine an, dafür ist er wohl zu stolz, er sagt nur: »Super.«

Nach und nach wird das Grau am Himmel dünner und heller, und irgendwann ist es ganz verschwunden. Als sie an einer abschüssigen und leicht kurvigen Strecke nur leere Autobahn vor sich sehen, sagt Schubert: Jetzt fehlt nur noch *Mrs. Robinson,* und Paul singt wie aus der Pistole geschossen: *Where have you gone, Joe DiMaggio? Our nation turns its lonely eyes to you,* und Schubert fällt ein beim *whu, whu, whu,* und dann singen sie beide: *And here's to you Mrs. Robinson, Jesus loves you more than you will know.*

Dann schweigen sie beide und brauchen keinen Blick zur Seite, um zu wissen, dass der andere ebenfalls lächelt.

»Wir haben den besten Teil des Jahrhunderts abgekriegt«, sagt Paul dann, »die beste Musik, die beste Laune, die beste Zukunft.«

»Und haben es nicht kapiert«, sagt Schubert. »Wir dachten, Männer mit Krawatte richten die Welt zugrunde.«

»Das denken die Jungen jetzt von uns.«

»Ja. Alte weiße Männer. Wir sind das Letzte.«

»Wir emittieren CO_2.«

»Aber hallo.«

Jetzt zündet sich Schubert die erste Zigarette an. Er hat lange durchgehalten. Es ist fast eine Stunde vergangen, seit sie die Tankstelle verlassen haben. »Und die Zukunft ist jetzt vorbei«, sagt er.

Carolin mochte Pauls Freunde. Und sie mochte deren Freundinnen. Beide, Georg und Schubert waren in dieser Zeit echte Schürzenjäger, sodass alle paar Wochen ein neues, schüchtern lächelndes Gesicht in ihrem Gefolge auftauchte. Wie von selbst entstand durch diesen stetigen Reigen ein stärkeres Zusammengehörigkeitsgefühl des Quartetts und eine Art Umlaufbahn, in der die jeweiligen Eroberungen Georgs und Schuberts einander abwechselten.

Und sowohl Schubert als auch Georg mochten Carolin, deren unaufdringliche Klugheit ihren Gesprächen oftmals eine überraschende, produktivere oder intelligentere Wendung gab, und deren unvoreingenommene Art anderen Menschen Raum ließ, weil sie sie als Individuen wahrnahm. Alle drei Männer, zumal wenn sie einander mit irgendwas übertrumpfen wollten, lernten von ihr, wie vorurteilsbeladen und klischeehaft ihr eigenes Bild von der Welt war. Wenn sie sich über Atomkraftwerke, Helmut Schmidt, Reagan oder Thatcher, die damals gängigen Feindbilder, ereiferten, war Carolin fast immer innerlich abwesend, hatte keine Meinung, wenn sie direkt gefragt wurde, und schämte sich dessen kein bisschen.

Und weil sie alle drei von ihr beachtet werden wollten, hörten sie sich irgendwann selbst reden und merkten, dass dieses allgemein übliche Grundrauschen, an dessen Weiterverbreitung sie sich so fleißig beteiligten, nichts weiter war als die in ihren Kreisen angesagte gesellschaftliche Konvention, dasselbe konforme Verhalten, das ihre eigene Generation der ihrer Eltern vorwarf.

Carolins fehlende Ader für Stammtischpolitik aller Art, vielleicht für Politik überhaupt, ließ sie manchmal naiv erscheinen, wenn sie doch etwas zum Gespräch beisteuerte. Sie konnte Dinge sagen wie: »Warum sind die Pershings gefährlich und die SS-Zwanzig nicht?«, und dann setzte jeder von ihnen an, ihr zu erklären, warum das so sei, und der, der das Rennen gemacht hatte, fing vielleicht einen ersten Satz an, merkte dann aber, dass es Unsinn wäre, was er sagen wollte, und brach ab.

Bis sie es schafften, ihr zuzugestehen, dass sie recht hatte, brauchte noch seine Zeit, und sie wechselte das Thema, weil es ihr nicht darauf ankam, recht zu behalten. Das wollten immer nur die Männer.

Da sie alle drei das Ideal der intellektuellen Redlichkeit teilten, das besagte, wenn ein Argument gut ist, dann ist es auch gegen dich gut und du musst neu nachdenken, bis du es entweder entkräften oder verwerfen kannst, brachten Carolins seltene »naive« Einlassungen sie nach und nach in eine andere Spur. Sie wurden skeptischer und vorsichtiger auch gegenüber eigenen Überzeugungen.

Die daraus folgende Entfremdung vom eigenen Rudel, das wachsende Desinteresse an den Phrasen, mit denen man seine Zugehörigkeit signalisierte und das Misstrauen, das sie damit auf sich zogen, schweißte sie noch enger zusammen und sorgte dafür, dass ihre Freundschaft auch größere Pausen, Entfernungen und sogar Groll und Eifersucht überstand.

Paul, der erst nach und nach verstand, dass die Leere, die Carolins Weggang in seinem Leben hinterlassen hatte, nicht mehr aufzufüllen sein würde, brauchte einige Zeit, um sich damit abzufinden, aber weil Carolin immer wieder anrief und einmal sogar zu Besuch kam, lernte er ihre Freundschaft zu schätzen und überwand sein vorwurfsvolles Selbstmitleid. Irgendwann hatte er den Übergang geschafft und wusste, dass er sie lieber zur Freundin als gar nicht in seinem Leben haben wollte.

Und von da an wurde ihm bewusst, dass er Georg verzeihen musste. Er brauchte dafür noch eine Zeit, weil er sich zuerst selbst verzeihen musste, dass er überhaupt übel nahm – das passte nicht zu seiner Selbstwahrnehmung –, aber dann war sein Groll auf Georg nur noch etwas, das er sich innerlich vorsagte, nichts mehr, was er wirklich spürte.

Schubert hatte sein Studium in Stuttgart aufgegeben und war wegen der Tonmeisterschule nach Nürnberg gezogen, sodass sie sich öfter sahen als früher. Er hatte einen alten BMW, mit dem er immer wieder nach München kam, Paul nahm den Zug nach Nürnberg, wenn es dort einen Anlass gab, ein Konzert mit Schuberts neuer Band oder Ausflug in die fränkische Umgebung. Georg war weit weg in Hamburg und halbwegs leicht auszublenden, und Carolin verwandelte sich in eine Fantasie, die ohne Körper und ohne Gegenwart nur noch eine Stimme am Telefon war.

Die Vorstellung, dass Georg im Bett mit ihr ähnlich erregende Wunder geschahen, war ein anfangs reißender, dann nach und nach stumpfer werdender aber nie ganz verklingender Schmerz, den Paul zu mildern lernte, indem er sich die beiden einfach nicht zusammen vorstellte. Sie traten in seiner Erinnerung vorläufig einzeln auf.

Er würde sich dem stellen müssen, wenn er Georg wieder in sein Leben ließe, das wusste Paul, und er versuchte sich für den Tag zu wappnen, an dem sie Hand in Hand oder Arm in Arm vor ihm stehen würden und er daran nichts auszusetzen haben durfte.

Nach einer langen Phase, in der Georgs Name nicht erwähnt wurde, und einer kürzeren, in der Schubert hin und wieder vorsichtig versuchte, den Stand des Zerwürfnisses abzufragen, schaffte Paul es schließlich, darüber zu reden, und das tat er, bis das Thema Schubert zum Hals heraushängen musste. Aber dessen Geduld trug irgendwann Früchte. Pauls zwanghaftes inneres Theater wurde seltener, der Schmerz verebbte und war am Ende nur noch eine Ahnung, ein Hauch, der Anflug einer Erinnerung, kein Schlag mehr in die Magengrube und kein Stich mehr mit anschließendem Drehen des Messers.

Dieselbe Geduld, die Schubert mit ihm hatte, brauchte Paul später für Georg, als der in derselben Situation war, aus der er sich aber, anders als Paul, aktiv befreite, indem er Malin auf den verwaisten Sockel stellte und den Schmerz für obsolet erklärte.

Schubert war es, der schließlich bestimmte, Georgs Untat sei verjährt und man solle sich gefälligst wieder zusammentun. Hierfür habe er keine Kosten und Mühen gescheut und sich extra nach Florenz einladen lassen, das Gartenhaus der Casa Gaetano stehe zur Verfügung. Man müsse nur noch irgendwie dorthin kommen. Und Paul müsse über seinen Schatten springen.

»Kommt Carolin auch?«, fragte Paul.

»Nein. Das wird ein Männerding«, sagte Schubert.

Georg reiste mit der Bahn, Schubert und Paul im alten BMW, der sich, entgegen ihrer Befürchtungen, auf den Steigungen am Brenner und im Apennin wacker schlug, um dann abwärts und in der Ebene erstaunliche Geschwindigkeiten zu erreichen. Paul hatte ein flaues Gefühl im Magen, das nicht weggehen wollte, sich allerdings auch nicht groß verstärkte, je näher sie ihrem Ziel kamen. Er rechnete damit, in dessen Nähe nur noch die quälenden Bilder von Georg beim Sex mit Carolin vor Augen zu haben.

Anspielungen würde er nicht machen, darauf verließ sich Paul, aber Georgs bloße Gegenwart konnte alles wieder aufrühren. Verjährung hin oder her, das galt nur für die Untreue, der Verlust würde nie verjähren, das ahnte Paul inzwischen.

Als sie abends am Bahnhof voreinander standen, nachdem Georg den langen Bahnsteig entlang auf sie zugekommen war, seine Sporttasche fallen ließ und die Hände hob, als ergebe er sich, wusste Paul zwar nichts zu sagen, aber Georg übernahm: »Friede.«

»Freude, Eierkuchen«, sagte Paul, und dann noch: »Arschloch.«

»Spießer«, antwortete Georg, und das war das ganze Gespräch.

Und sie gingen zum Auto, brachten Georgs Tasche ins Haus und folgten dem wie aufgedreht redenden Schubert schweigsam, aber ohne Groll zu einer Osteria, die er fürs Abendessen ausgesucht hatte.

~

»Ich lös dich gern mal ab«, sagt Schubert, als sie sich wieder einer Raststation nähern. Sie haben Graz hinter sich gelassen und fahren auf die schneebedeckten Gipfel der östlichen Alpen zu. Paul versteht die Aussage richtig, nämlich nicht als altruistisches Entlastungsangebot, sondern als Wunsch, auch mal am Steuer zu sitzen, also fährt er raus, und sie nutzen die Gelegenheit, um sich einen weiteren nicht besonders guten, dafür aber teuren Cappuccino zu leisten.

»Und wie stehen wir zu einer geheimnisvollen Tramperin?«, fragt Schubert, als sie mit vertauschten Rollen losfahren und eine junge Frau mit Reisetasche und Kapuzenjacke die Fahrerkabinen der Lastwagen abschreiten sehen.

»Ähnlich distanziert«, sagt Paul, »die Wahrscheinlichkeit, dass sie uns neue Horizonte eröffnet, ist gering, und ihr zuliebe müssen wir uns nicht opfern. Sie kommt auf jeden Fall weiter.«

»Deine Antwort ist alterstypisch«, sagt Schubert, »man schmort lieber nur noch im eigenen Saft.«

»Mit gutem Grund, oder?«

»Was für einer, schlechte Erfahrungen?«

»Langeweile«, sagt Paul, »und gnädige Ignoranz. Die meisten Menschen sind nicht sehr interessant. Sie ähneln dem Vorurteil, das man sich beim ersten Anblick über sie gebildet hat.«

»Das ist die falsche Art, alt zu sein«, findet Schubert, »man kennt schon alles und will nichts mehr entdecken. So lernt man nichts mehr dazu.«

»Vielleicht bündelt man aber auch nur seine Kräfte, um all das Gelernte zu verarbeiten?«

»Klingt nach Ausrede.«

Paul muss lachen: »Hättest du die jetzt gern mitgenommen? Geht's darum?«

»Nein«, sagt Schubert, »ich mag nur keine Gelegenheit zur Stichelei auslassen.«

Das Fahren macht ihm sichtlich Spaß, aber er sagt nichts dazu. Für Paul ist es eine Premiere, in seinem eigenen Auto chauffiert zu werden, und er überlässt sich dem Genuss, nach links und rechts in die Landschaft schauen zu dürfen, nachdem er sich zuerst einmal selbst verordnet hat, Schuberts Fahrweise nicht zu kontrollieren. Der Mann hat immerhin Jahrzehnte mehr Erfahrung, und es ist ganz unnötig, auf sein Brems- oder Blinkverhalten zu achten.

»Weil du so drauf rumreitest«, fragt Paul, nachdem er Schubert eine Zigarette angezündet und gereicht und das eigentlich als Münzdepot für Parkuhren gedachte Marmeladenglas geöffnet hat, das im Getränkehalter steht und jetzt als Aschenbecher herhalten muss, »macht dir das Alter zu schaffen?«

»Dir?«

»In Maßen, aber du bist dran.«

»Noch macht es mir nicht zu schaffen, aber ich weiß, dass das kommen wird. Und ich weiß, dass es ein Skandal ist, sterben zu müssen, und ich weiß, dass es dahin nicht mehr weit ist. Jeder muss gehen, jeder weiß es, und keiner versteht, wieso er leben darf, wenn er dafür sterben muss.«

»Ich vermute, es gibt nichts zu verstehen. Man muss es hinnehmen. Möglichst mit Würde.«

»Das haben wir vor, ja.«

Paul wartet darauf, dass Schubert weiterredet. Er weiß, dass das nicht alles war. Und er ärgert sich, dass er Schuberts Gedankengang gestört hat mit seiner Einlassung über Hinnehmen und Würde. Das war eine Plattitüde.

Schubert hält ihm die aufgerauchte Zigarette hin, damit er sie im Marmeladenglas ausmacht, und Paul nimmt sie, tut es und schließt den Deckel.

Schubert redet weiter: »Wenn das Leben eine Sinfonie ist, dann warten wir jetzt auf den vierten Satz. Den zweiten, das Adagio oder Largo, den schönsten von allen, haben wir lang hinter uns, das Allegro Vivace auch, und was jetzt noch kommen kann, ist ein turbulentes Resümee. Es ist aber keine Sinfonie. Ich bin immer noch im Largo. Wenn's nach mir geht, brauch ich kein Presto mit Feuerwerk und Pauken. Ich will das Largo bis zum Licht aus.«

»Licht aus? Für immer? Was ist mit Leben nach dem Tod?«

»Caro glaubt daran. Ich nicht. Ich würde gern, weil der Gedanke so schön ist. Ich würde gern meine geliebte Katze Minnie wiedersehen und auf Caro warten, um sie abzuholen, wenn sie nachkommt, aber ich würde nicht gern auf Heinrich Himmler treffen oder Pol Pot.«

»Das ist Logik«, sagt Paul, »was, wenn Logik dann keine Rolle mehr spielt?«

»Logik ist das Einzige, was uns über die Grenzen unserer Erfahrung rausschauen lässt. Und der Tod ist die definitive Grenze. Wenn ich irgendwo Logik brauche, dann da.«

»Ich würde gern dich und Georg und Carolin und Minnie wieder treffen«, sagt Paul, »der Gedanke tröstet mich.«

»Dafür ist er ja da«, sagt Schubert. »Er soll trösten. Das ist sein einziger Zweck. Und das ist das, was gegen ihn spricht. Wir brauchen das und wünschen es uns so sehr, also kann es nicht wahr sein.«

»Das ist nicht mal ein Indiz. Oder es ist höchstens ein Indiz. Kein Beweis.«

»Nein. Der Beweis liegt hinter der Grenze. Und die ist kein Horizont, sondern das Nichts.«

»Ich schlage vor«, sagt Paul, »dass wir fürs Erste darauf hoffen, dass Georg nicht dort auf uns warten muss.«

»Das ist ein guter Vorschlag«, sagt Schubert, »ein sehr guter sogar. Stell dir mal vor, seine Malin empfängt ihn mit hochgezogenen Augenbrauen und sagt, du hast mir grade noch gefehlt.«

Paul muss lachen und ist froh darüber. Das mit dem Largo ist ein schöner Gedanke. Er möchte auch noch im Largo sein.

»Hunger«, sagt er.

»Udine«, sagt Schubert, »wenn du bis dahin noch durchhältst, müssen wir uns nicht mit Fraß begnügen.«

»Auch guter Vorschlag«, sagt Paul, »veramente gut.«

~

Sie fahren schweigend vorbei an Klagenfurt und Villach, und dann über die Grenze nach Italien. Schubert, der immer noch am Steuer sitzt, lässt die Scheibe herunter, atmet tief ein und fährt langsamer. »Italien«, sagt er, »riecht besser.«

Paul, der das für Einbildung hält, sagt nichts, sondern denkt sich nur, dass das nicht stimmen kann. Weder wachsen hier auf einmal Pinien oder Oleanderbüsche, auch nicht Salbei oder Thymian, noch haben die Autos etwas anderes im Tank als ein paar Kilometer vorher, oder ist der Abrieb ihrer Reifen auf dem Asphalt chemisch anders zusammengesetzt.

»Ist das für dich Heimat?«, fragt er, »bist du im Herzen Italiener?«

»Heimat vielleicht nicht«, antwortet Schubert, »die ist da, wo Caro ist. Und früher noch Minnie. Aber vielleicht Heimat Nummer zwei. Ich gehöre dazu und bin damit einverstanden. Ich bin gern ein Teil davon.«

Paul versucht, sich dieses Gefühl vorzustellen, aber er findet nichts Vergleichbares in seinem Inneren. Nicht die Stadt seiner Kindheit, nicht das Internat an der Nordsee, nicht München und nicht der Ort am Rande des Rheintals, den er jetzt bewohnt, allenfalls die Branche, die Bücherwelt, Autoren, Verlagskollegen, Buchhändler und Agenten, die Bevölkerung der Buchmessen in Frankfurt, Leipzig und New York, wo er sich, trotz des anstrengenden Marathons der eng getakteten Termine, immer wieder am richtigen Ort gefühlt hat. Im richtigen Strudel. Oder langsamen Tornado.

In einigen der Bücher, an deren Entstehung er beteiligt war, hat er sich auch so zu Hause gefühlt, dass ihm alles darin selbstverständlich erschien und nichts fremd. Vielleicht kommt das einer Heimat am nächsten. Virtuell, portabel und innerlich.

»Dein Auto ist fantastisch«, sagt Schubert, »eine Pracht und ein Vergnügen. Ich könnte ewig so weiterfahren.«

»Dann machen wir das doch. Einfach immer weiterfahren.«

»Nein, wir finden Georg«, sagt Schubert, »und dann sehen wir weiter.«

»Weitersehen statt weiterfahren, das klingt wie ein Slogan für Stubenhocker.«

»Bist du einer?«

»Bis jetzt ja«, sagt Paul, »aber vielleicht erwischt mich ja noch die altersgemäße Unrast, wer weiß?«

»Nimm uns mit, wenn es so weit ist.«

An Reisen herrschte kein Mangel in Pauls Leben, Autorenbesuche, Lesungen, Preisverleihungen, Messen als berufliche Anlässe wiederholten sich regelmäßig im Laufe der Jahre, dazu kamen die privaten, zuerst mit Georg, dann zu dritt und bald mit Carolin nach Griechenland, Venedig und Rom. Zu viert reisten sie erst wieder, nachdem sowohl Georg, als auch Paul Carolin verloren hatten und der Groll deswegen verflogen war, zu fünft, mit Malin, nur einmal.

Das Reisen zeigte zuverlässig die Risse, die sich im alltäglichen Zusammenleben zweier Menschen auftaten, es vergrößerte sie, sodass die Ferien, die Paul mit seinen Freundinnen machte, oft den Anfang vom Ende markierten. Was zu Hause nebensächlich war und überspielt werden konnte, wurde unterwegs zur erst ärgerlichen, dann quälenden und schließlich trennenden Eigenschaft.

Dabei ging es nicht darum, zur gleichen Zeit morgens wach zu sein oder abends müde, bestimmtes Essen nicht zu mögen oder Interessen nicht zu teilen, es ging vielmehr darum, nicht angeödet oder enerviert, gar übellaunig oder aggressiv zu reagieren, wenn der andere von etwas begeistert war, dem man selbst nichts abgewinnen konnte. Man verwechselt die eigenen Vorlieben und Abneigungen gern mit Qualitätsurteilen, und daraus folgen Herablassung oder gar Verachtung. Gift für jede Gemeinsamkeit.

Paul war nicht der Ansicht, dass ein Liebespaar alle Unterschiede nivellieren müsse, aber wenn die eine Freundin lauthals auf das »blöde Gefiedel« in irischen Kneipen schimpfte, die andere den Unterschied zwischen Gotik und Renaissance zum Gähnen fand, die dritte für nichts außer Schaufenster Augen hatte, dann fiel ihm irgendwann Carolin mit ihrer Aufmerksamkeit und Wissbegier ein, und er merkte, dass auch ihm egal war, wovon die Freundin gerade sprach. Ihre Freundinnen oder Familienmitglieder, ihre Arbeitskollegen oder Kunden, die beruflichen Probleme oder Aussichten waren ihm so egal wie ihr seine musikalischen, literarischen oder ästhetischen Vorlieben. Und dann war das, was ihn an ihr angezogen hatte, ihr Lachen, ihre Schönheit, ihre Ernsthaftigkeit, ihr Witz, nur noch etwas, das er auch an anderen sah, es war egal, ob er mit ihr zusammen war oder nicht. Bei Carolin hatte alles gestimmt, und Carolin gab es nicht noch einmal.

Nadine, die Frau, mit der Paul am längsten zusammenblieb, fast vier Jahre, war Autorin. Er hatte sie für den Verlag entdeckt und lektoriert, und die Übereinstimmung ihrer beider Ansprüche ans Erzählen, ihres Sinnes für die Bedeutungsumgebung einzelner Wörter und den Tonfall der Figuren brachte sie bald einander näher, als die Arbeit erforderte.

Mit ihren Geschichten über Randfiguren, aus deren Perspektive die Alltagswelt in surrealem Licht erschien, hatte sie zwar nie den großen Durchbruch, aber eine Leserschaft, die jedem neuen Buch entgegenfieberte und Gott sei Dank groß genug war, dass Paul nie in die Situation geriet, ein Manuskript von ihr ablehnen zu müssen.

Nadine war witzig und gebildet, konnte mit Sprache umgehen und logisch argumentieren, mit ihr zu reisen erzeugte keine Risse, und die Gegensätze zwischen ihren Charakteren, seiner stoisch, ihrer impulsiv, waren anregend und bereichernd, aber sie zogen nie zusammen, er blieb in seiner Wohngemeinschaft und sie in ihrem Gartenhaus, und als sie schließlich ein Kind wollte, lehnte er kategorisch ab, worauf sie sich mit einem Professor der Ingenieurwissenschaft zusammentat und ihren Plan verwirklichte.

Als Paul, der weiterhin ihr Lektor blieb, bemerkte, dass er ihrer Zweisamkeit nicht nachtrauerte, dass er keine Lücke empfand und einfach so weiterleben konnte, verstand er, dass er Nadines Kinderwunsch als Chance zum Absprung genutzt hatte, ohne sich dessen bewusst zu sein.

Mit keiner Frau hatte er so viel gestritten und sich so wenig gelangweilt. Mit Carolin hatte er nur einmal gestritten. Und sich nie gelangweilt.

~

»Streitet ihr oft, du und Carolin?«, fragt Paul, als Schubert den Wagen auf einem Parkplatz abgestellt hat und sie ausgestiegen sind.

»Nicht mehr, zum Glück. Früher war's schlimmer, und es ging immer ans Eingemachte. Wir haben es fast nie geschafft, dem anderen zuzuhören, wenn wir selber verletzt oder sauer waren. Und wir haben uns immer zielsicher verletzt und sauer gemacht.«

Er schließt ab und schaut zu, wie die Rückspiegel sich in einer sanften Bewegung automatisch einklappen, dann gibt er Paul den Schlüssel, der eigentlich nur noch eine Fernbedienung ist.

»Komisch«, sagt Paul, »ich hätte gewettet, ihr seid euch immer einig.«

»Oft ja, immer nein«, sagt Schubert, »leider. Zwei Menschen sind zwei Welten, und bis du gelernt hast, wie der andere tickt, hat er sich schon verändert. Und du selber hast dich auch verändert. Und schon kracht es wieder. Wenn wir es wenigstens schaffen würden, uns im Zorn nicht verächtlich zu behandeln, wenn wir den ganzen nonverbalen Scheiß weglassen könnten, dann würden wir viel öfter lachen und viel öfter was lernen. Oder den Hut ziehen vor der Stringenz oder Rhetorik des anderen. Aber es geht nicht. Immer brennt gleich die Hütte.«

»Habt ihr je daran gedacht, euch zu trennen?«

»Von Caro weiß ich es nicht, aber ich hab nie daran gedacht. Egal wie verzweifelt ich war, und das bin ich jedes Mal wenn wir im Zorn auseinandergehen, ohne sie zu leben kam mir nie in den Sinn. Ich bin fest davon überzeugt, dass man nur einmal im Leben die große Liebe zu fassen kriegt, eine zweite Chance hat man nicht.«

»Das glaub ich auch«, sagt Paul und schaut bewusst in eine andere Richtung. Das Thema muss nicht vertieft werden.

Sie müssen nicht weit gehen, bis das erste Lokal auftaucht, eine Trattoria mit zwei Tischen auf dem Gehsteig. Es ist kurz vor zwei, der Koch steht an der Tür und raucht einen Zigarillo. Paul wüsste nicht zu sagen, ob das Kopfnicken des Mannes mürrisch oder ergeben ist, als er sich bereit erklärt, noch etwas zu servieren.

Wären die Bäume des nahe gelegenen Parks nicht fast kahl, könnte man sich im Frühling wähnen, als eine Bruschetta vor Paul und ein Teller Antipasti vor Schubert hingestellt werden.

»War eine gute Idee, von der Autobahn abzufahren«, sagt Paul, als er den ersten Bissen geschluckt hat, »und hier riecht's jetzt wirklich nach Italien.«

»Fehlt noch eine Vespa mit ihrem Auspuff als Würze«,

sagt Schubert und faltet eine Scheibe Schinken mit Messer und Gabel, um sie sich als Ganzes in den Mund zu schieben.

»Kannst du noch weiterfahren?«, fragt Paul, als der zweite Gang kommt, Spaghetti aglio, olio e Peperoncino für beide, »wenn ich das gegessen hab, werd ich steinmüd.«

»Und wie, gern«, antwortet Schubert, »ich hätte dir Geld angeboten, dass ich noch darf.«

»Wie viel?«

»Drei Euro. Oder vier.«

»Geht klar. Du zahlst den Espresso.«

»Keineswegs, ich zahle alles.«

Als Paul aufwacht, liegen Venedig und Padua hinter ihnen und sie nähern sich Vicenza. Paul bringt seinen Sitz in aufrechte Position und sieht mit einem Seitenblick, dass Schubert es geschafft hat, mit dem Marmeladenglasaschenbecher ohne größere Sauerei klarzukommen.

»Brauchen wir Kaffee?«

»Ja«, sagt Schubert, »Stazione Servizio in vier Kilometern.«

»Oder Vicenza? Mit ein bisschen Palladio?«

»Da verlieren wir ein paar Stunden. Jetzt ist Feierabendverkehr. Lieber nicht.«

»Okay«, sagt Paul, »Piacenza ist auch schön und näher an Georg. Falls er in Ligurien ist.«

Das »Männerding« in Florenz, die Einladung, mit der Schubert die beiden Freunde wieder zusammenbringen wollte, verlief anfangs eher stockend, weil die Tatsache, dass Paul Carolin verloren und Georg sie gewonnen hatte, normale Gespräche behinderte. Aus dem Alltag der vergangenen Monate zu erzählen kam nicht infrage, denn in Georgs kam Carolin vor und in Pauls nicht. Das gewohnte Gefrotzel und Geplänkel wollte nicht so recht in Gang kommen, und wenn doch, dann erstarb es wieder nach kurzer Zeit.

Schubert gab sich alle Mühe, Angebote zu machen, die jenseits von vermintem Gelände liegen sollten, zeigte ihnen Perugia und Assisi, den Lago di Trasimeno und Bagno Vignoni, den Ort, den sie aus *Nostalghia* von Tarkowski kannten, er gab den Reiseführer, sie durften die nörgelnden Touristen geben, das einte sie, und nach und nach entspannte sich die Lage.

Es war klar, dass weder Paul noch Georg an einem »klärenden Gespräch« interessiert waren, sie wussten, dass es nichts zu klären gab, es gab nur etwas einzusehen, und da Paul hierfür eine Menge Zeit gehabt hatte, ging es nurmehr darum, alles, was sie miteinander verband, wieder aufzurufen, und das, was sie neuerdings trennte, zu tabuisieren.

Am Abend des zweiten Tages musste Paul unvermittelt lachen, als er bemerkte, dass er versuchte, Georg blöd zu finden, obwohl dieser war wie immer. Derselbe Georg, den er schon im Internat gemocht hatte, ein bisschen hochnäsig, ein bisschen versponnen, ein bisschen impulsiv und unberechenbar, hinzugekommen waren gelegentliche Zitate französischer Philosophen, mit denen niemand etwas anfangen konnte, und eine beeindruckende Bildung, was Malerei betraf.

Im Dom, in den Uffizien und der Cappella Brancacci lauschten sie gebannt seinen Erklärungen und genossen es, einen Experten neben sich zu haben.

Am dritten Abend kam Georg aus dem Garten zurück, eine schwarze Katze im Gefolge, die zum Haus gehörte und ihm wie ein Hündchen nachlief. Sie kam ohne Scheu mit ihm die Treppe hoch, ließ sich auf seinem Schoß nieder und schnurrte, während sie Skat spielten. Ihnen fiel nichts Besseres ein, weil es draußen in Strömen regnete.

The Winner takes it all, dachte Paul, aber er dachte es ironisch, weil er nicht wirklich neidisch war, sondern das Gefühl hatte, er wisse genau, wie Georg sich jetzt fühlte. Gut und warm und am richtigen Ort. Genauso wie die Katze.

Sie hieß Aurelia und wurde die Großmutter von Minnie, der dreifarbigen Katze, die Schubert und Carolin viele Jahre später als drei Monate altes Kind zu sich nahmen, nachdem sie von Berlin nach Brandenburg gezogen waren.

Verona und die Südseite des Gardasees liegen hinter ihnen, und Brescia, wo sie die Autobahn wechseln werden, ist nur noch wenige Kilometer entfernt. Die Landschaft ist links von ihnen flach und melancholisch mit verlassenen Gutshöfen, rechts bewegt und in der Ferne alpin, nur an den Rändern der Städte wechseln die Bilder auf beiden Seiten, weil Industrie und Gewerbe ihre nüchternen und nur manchmal stolzen Zeichen gesetzt haben.

Schubert schlägt vor, nicht Piacenza, wie Paul geplant hatte, sondern Cremona zum Nachtlager zu küren. Dann könne man anderntags vor der Weiterfahrt das Museo del Violino besuchen.

»Stradivaris gucken«, sagt Paul.

»Und Guarnieris und Amatis und Bergonzis.«

»Den letzten hab ich noch nie gehört.«

»Ich kenne ihn auch nur von Ellen«, sagt Schubert, »die Profis wissen so was. Ein Freund von ihr hat mal bei uns zu Hause auf einer Bergonzi gespielt.«

»Ein Freund von ihr oder ein Freund von ihr?«

»Freund.«

»Danke. Klare Frage, klare Antwort.«

»Geliebter. Ging aber nicht lange. Caro hat ihn gemocht, mir war er ein bisschen zu eitel. Sein Haarschnitt war perfekt für den Aufwärtsschwung beim forcierten Aufstrich.«

»Redest du von Nutella? Oder Leberwurst?«

»Jaja, schon gut. Chinesisch. Der Aufstrich ist das, was der Geiger mit dem Bogen macht, wenn er anfängt von rechts nach links zu streichen.«

»Von Frisur nach Böhmisches Dorf in weniger als zwei Sekunden«, sagt Paul, »das muss dir erst mal einer nachmachen.«

Beim nächsten und letzten Cappuccino hat Schubert die Adresse eines Parkhauses, das er vorher gegoogelt hat, ins Navi eingegeben, und als sie sich der Stadt nähern, schalten sie es ein und lassen sich durch den dichten abendlichen Verkehr zu einer Piazza Marconi führen.

Das Parkhaus ist glücklicherweise neu genug, um auch für große Autos befahrbar zu sein. Es ist November, und es ist Abend, also ist auch Platz genug, dass Paul ohne heikle Manöver in einen Stellplatz einbiegen kann.

Beim Kauf des Autos hat er nicht bedacht, dass es Parkhäuser geben würde, in die er sich besser nicht reintrauen sollte. Diese Art Limousine ist für die großzügigen Auffahrten von Luxushotels gebaut, nicht für die verwinkelten Gassen südeuropäischer Städte.

Nach dem Aussteigen nimmt er das Parkticket aus dem Mund und platziert es im Geldbeutel, weil ihm die Jacketttasche zu unsicher dafür ist. Schubert grinst und sagt, er kenne jemanden, der behaupte, nur Franzosen steckten ihr Parkticket in den Mund.

»Das ist jetzt widerlegt«, sagt Paul und öffnet den Kofferraum. Sie packen Wäsche für den nächsten Tag, Ladekabel und Waschzeug, Schubert dazu noch zwei Schachteln Zigaretten aus ihren Koffern in Einkaufstüten aus Wachstuch, die Paul immer im Kofferraum hat, weil sie zu Fuß nach einem Hotel suchen wollen.

»Müssen wir sparen?«, fragt Schubert, als sie draußen auf der Straße stehen und sich anhand der Schilder in Richtung Stadtmitte orientieren.

»Zweihundert will ich nicht ausgeben. Das täte ich

nur, wenn ich jemanden damit verwöhnen wollte«, sagt Paul und hat im selben Moment das Gefühl, diese Bemerkung klänge falsch. Wen sollte er jetzt noch verwöhnen wollen? So redet ein Möchtegern-Satyr, der für sexuell aktiv gehalten werden möchte.

Schon an der nächsten Ecke sehen sie ein Hotel Impero, wo sie ohne Probleme zwei Einzelzimmer mit Blick auf den Turm des nahen Doms bekommen.

Diesen Dom, eine dreischiffige Basilika mit Renaissance-Fassade und einem separat stehenden Turm, sehen sie sich an und vermissen Georg angesichts der eindrucksvollen Fresken im Innern. »Wenn alles gut geht«, sagt Schubert, »dann schleppen wir ihn bald mal nach irgendwohin ab. Nach Irland vielleicht oder England.«

»Aber nicht jetzt im Winter«, findet Paul, »da würden wir nur irgendwo drinsitzen und in den Kamin starren.«

»Dann halt Sevilla und Granada und Córdoba.«

»Und auf dem Hinweg Bilbao, La Coruña und Madrid«, sagt Paul, »carpe diem. Wenn er das alles gut übersteht.«

Sie gehen kreuz und quer durch die Stadt, bis sie Hunger haben, essen und trinken, bis sie genug haben, und gehen dann noch einmal ein paar Straßen und Plätze ab. Bis sie müde sind.

»Hier komm ich noch mal her«, sagt Schubert, als sie das Hotel betreten, »in der Lombardei ist eine Stadt schöner als die andere, und man fährt jahrzehntelang immer nur dran vorbei.«

»Das ist ein Liedchen: *An der Lombardei, immer nur vorbei, diedeldiedeldumm, ei ei.*«

»Aua«, sagt Schubert, »du hast striktes Dicht- und Komponierverbot.«

»Ich glaube, wir sind hier sowieso schon in der Emilia-Romagna.«

»Noch nicht ganz. Da kommen wir morgen hin.«

Paul stellt verwundert fest, dass er wieder durchgeschlafen haben muss, als er von einem Sonnenstrahl oder dem Klappern einiger Mülltonnen auf der Straße geweckt wird. Es ist sieben Uhr, zu früh für ihn, seit er halbe Nächte mit irgendwelchen Filmen verbringt, aber er ist wach und hat keine Lust mehr, sich noch einmal umzudrehen, also duscht er und beschließt, ein bisschen durch die Stadt zu spazieren, bevor er realistischerweise mit Schubert rechnen kann.

Aber als er aus dem Hoteleingang tritt, sieht er, dass der mit einer Tasse in der Hand und einer Zigarette in der anderen ein paar Meter weiter an einem niedrigen Fenstersims halb lehnt und halb sitzt und vor sich hin starrt. Schubert bemerkt ihn nicht, also geht Paul zurück und sucht das Frühstückszimmer, bittet dort um einen Cappuccino, der diesmal nicht per Knopfdruck zu haben ist, sondern gekonnt von einer fröhlichen jungen Frau für ihn zubereitet wird, während er ein Croissant isst, das hier Cornetto heißt. Er bittet um einen zweiten Cappuccino, den er zusammen mit seinem ohne Untertasse nach draußen trägt.

»Sehr gutes Timing«, sagt Schubert lächelnd und stellt seine leere Tasse neben sich, um die volle in Empfang zu nehmen.

Das Museum müsse man sich abschminken, erklärt er, das öffne erst um elf, aber die Beschlusslage sehe ja ohnehin einen erneuten Besuch vor, also könne man zeitnah aufbrechen.

»Beschlusslage, zeitnah, was hast du denn für Wörter am Start?«, fragt Paul mit indigniertem Kopfschütteln.

»Grundrauschen aus der Außenwelt«, antwortet Schubert, »das frisst sich durch und verseucht auch reine Seelen wie mich.«

»Willst du wieder fahren?«

»Darf ich?«

»Ja. Ich mag es, chauffiert zu werden. Das hat was.«

»Seit wir weg sind aus Berlin, hab ich das Autofahren wieder zu schätzen gelernt«, sagt Schubert, »in der Stadt war es nur nervig, aber Landstraße und Autobahn sind was anderes. Gut fürs Gemüt.«

***

Dass Ellen auszog, um eine Stelle als Dozentin in Freiburg anzutreten, war das letzte in einer längeren Reihe von Ereignissen, das Carolins und Schuberts nach und nach gewachsenen Überdruss am Großstadtleben besiegelte. Sie fühlten sich wie Eltern, die ihr Kind gehen lassen mussten, und empfanden ihre schöne Wohnung auf einmal als verwaist. Das Nest war nicht nur leer, sondern auch am falschen Ort.

Zwar hatte Charlottenburg sich nicht so sehr verändert wie andere Stadtteile, wenn man vom zwischenzeitlichen Niedergang des Kurfürstendamms mal absah, aber Berlin insgesamt hatte sich mehr und mehr in eine Stadt voller achselzuckender und mürrischer Menschen verwandelt.

Sie waren hergezogen, als die Mauer noch stand, in eine fiebrige und skurrile Enklave ohne Sperrstunde, voller Kunst, Musik und hochfliegender Lebensentwürfe, einen Strudel, in den sich zumindest Schubert mit Schwung fallen ließ. Carolin, deren Empfindsamkeit sie seit jeher allem Lärmenden und Massenhaften fernhielt, hatte sich in der hellen Wohnung am Steinplatz einen Rückzugsort geschaffen, von dem aus sie die Praxis und das Gym zu Fuß erreichen konnte.

Als die Mauer gefallen war, zogen sie auf Erkundungstour durch den alten Osten, waren fasziniert und erschüttert, eine so gegensätzliche Welt in direkter Nachbarschaft zu durchstreifen, eine Welt aus verfallenen Stadthäusern auf der einen und unwirtlichen Neubau-Wohnblocks auf der anderen Seite, die sich in rasendem Tempo der westlichen Hälfte anzugleichen suchte.

Die Aufbruchsstimmung dieser Jahre war ansteckend, und Schubert, der seine Streifzüge durch den Osten beibehielt, als Carolin sich allmählich wieder zurückgezogen hatte, war beschwingt und euphorisiert und fühlte sich im Mittelpunkt der Welt, bis irgendwann die Gewalttaten, von denen man anfangs nur in der Zeitung las, immer näher rückten, man die eine oder andere Gegend auf einmal nicht mehr arglos betreten konnte, und er schließlich entdeckte, dass er

Angst um Carolin und Ellen hatte, wenn sie mal nicht zur erwarteten Zeit daheim waren.

Dann fielen Schüsse auf den Späti eines Libanesen in der Goethestraße, einen Block weiter, und in einer Februarnacht wurde das Studio am Hermannplatz aufgebrochen, geplündert und verwüstet.

Schubert hatte Gott sei Dank die Angewohnheit entwickelt, abends nach der Arbeit immer eine Sicherheitskopie des laufenden Projekts mit nach Hause zu nehmen, also konnte er immerhin den anstehenden Termin einhalten, aber er fiel in ein tiefes Loch, aus dem er erst im Sommer langsam wieder aufzutauchen vermochte.

Georg kam in dieser Zeit, so oft er konnte, nach Berlin, um Schubert zu unterstützen, zuerst bei der Abwicklung des Schadensfalls mit der Polizei, dann mit der Versicherung, dann beim Ausräumen und Lagern der verbliebenen Kabel, Geräte, Möbel und Stative, und irgendwie gelang es ihm, Schubert den Rücken zu stärken für einen Neuanfang.

Er war es auch, der die Idee hatte, sich in der näheren Umgebung umzuschauen, und so landeten sie irgendwann in Brandenburg an der Havel, wo sich schnell die Perspektive auftat, nicht nur einen Gewerberaum, sondern ein Haus zu suchen. Am Wasser. Und ruhig. Mit Platz für eine Praxis und ein kleines Studio.

Schuberts Verbindung zum neu aufgeblühten Filmstudio in Babelsberg verhalf ihm zu einem Trupp von Handwerkern, die von einem italienischen Bauleiter angeführt wurden und weitgehend aus Polen bestanden. Die schafften es, das Haus in etwas mehr als einem halben Jahr zu einem Schmuckstück zu machen, in dem alles funktionierte und fast alles schön war.

Er selbst packte mit an, wo immer ein Handlanger gebraucht wurde, fuhr zum Baumarkt, besorgte Essen und lernte nebenbei ein paar Worte Polnisch und Rumänisch. Und er fühlte sich auf einmal erwachsen.

Als er Paul an einem Wochenende die Baustelle zeigte, sagte er, alles hier sei zum ersten Mal in seinem Leben ernst. Bisher sei alles Spielzeug gewesen, die Instrumente, das Studio, die Technik darin, alles Spielzeug, mit dem er zwar seinen Lebensunterhalt verdiente, aber es sei nie ernst gewesen, immer Spiel.

»Wir könnten jetzt eine Familie gründen«, fügte er noch hinzu, »wenn wir nicht schon über fünfzig wären und ganz und gar ausgefüllt mit der Arbeit.«

Carolins Patienten folgten ihr fast alle, weil es für sie keinen Unterschied machte, ob sie eine Stunde lang durch die Stadt oder aus der Stadt fuhren, und so lief die Praxis fast nahtlos weiter.

Auch Schubert konnte so weitermachen wie bisher. Die Musiker, die er häufig in der Hochschule auftat, kamen lieber nach Brandenburg als nach Kreuzberg, und wenn er, was immer seltener vorkam, ein ganzes Orchester aufnehmen musste, änderte sich gar nichts, denn er hatte dafür auch schon bisher die großen Mietstudios gebraucht.

Und endlich konnten sie eine Katze haben. Das hatten sie sich mitten in der Stadt nie erlaubt, aber lange schon gewünscht, also fuhren sie, nachdem alles eingerichtet und der Garten schon rudimentär angelegt war, nach Florenz, um in der Casa Gaetano die kleine, bunte Minnie abzuholen.

»Jetzt sind wir wieder eine Familie«, sagte Carolin damals, und Schubert stimmte ihr zu, weil er sich schon in das vergnügte Energiebündel verliebt hatte.

Eigentlich habe er damals widersprechen wollen, erzählte Carolin Paul am Telefon, von wegen, eine Katze sei doch nicht mit einem Menschen gleichzusetzen, aber er habe den Einwand geschluckt, weil Minnie in diesem Moment damit beschäftigt war, sein Ohr anzuknabbern.

~

»*Jetzt* sind wir in der Emilia-Romagna«, sagt Schubert, als sie den Fluss überquert haben und die Scheibenwischer damit anfangen, einen leichten Nieselregen wegzuschaffen.

»Und prompt schlechtes Wetter«, sagt Paul, »da lob ich mir die Lombardei.«

»Zuwiderhandlung. Dichtverbot.«

»Das bisschen Stabreim erklärst du schon zur Dichtung?«

»Gib es zu, du hast schon nach Wörtern wie Einheitsbrei oder Viecherei gesucht.«

»Dann hättest du mich jetzt unterbrochen. Das ist unhöflich.«

»Gestoppt. Bevor du größeres Unheil anrichten konntest.«

»Ich bin ein Rebell. Du hältst mich nicht von der Ausübung meiner Kunst ab.«

»Dann dichte mal eben den Regen da weg. Kunst muss den werktätigen Massen dienen, und die bin ich, weil ich am Steuer sitze«, sagt Schubert.

»Dass du dichten mit tanzen verwechselt, ist dir aber schon klar«, sagt Paul, »Regen kann nur weg*getanzt* werden.«

»Ich hab Angst, wir sehen Georg nicht mehr wieder.«

»Ja«, sagt Paul. »Ich auch.«

~

Sie fahren schweigend und jeder in seine eigenen düsteren Bilder versunken, bis der Regen endlich wieder aufhört und das Grau am Himmel heller wird.

»Hast du heimlich getanzt?«, fragt Schubert.

»Wir sehen ihn wieder«, sagt Paul, »er lässt uns nicht hängen. Und Ellen lässt er auch nicht hängen.«

Und wieder schweigen sie kilometerlang, bis Paul die Idee, die er schon länger mit sich herumträgt, zur Sprache bringt. Im nächsten Sommer werden sie alle siebzig sein, und man könnte doch wie früher zu viert irgendwohin reisen und feiern. »Es wird ernst«, sagt er, »wir sollten nichts Schönes mehr verschieben.«

Schubert stimmt zu, und sie gehen die Orte durch, die hierfür infrage kämen, bis der nächste Kaffee ansteht.

~

Paul hat eigentlich damit gerechnet, die Strecke über Genua mit den vielen Brücken und Tunneln nehmen zu müssen und sich innerlich gewappnet für den Stress, den er von früheren Fahrten kannte, aber das Navi führt sie weiter westlich bis kurz vor Alessandria und dann nach Süden zum Meer. Schubert ist noch immer am Steuer und fühlt sich so wohl damit, dass Paul ihm den Platz nicht streitig macht.

Der düsteren Stimmung sind sie wieder entkommen, und Schubert philosophiert über das Fahren, behauptet, man sei im selben Moment angekommen und weggefahren, so wie Schrödingers Katze im selben Moment tot und lebendig sei.

Paul wendet ein, dass er diese Geschichte nie verstanden habe, die Katze sei entweder tot oder lebendig, man wisse es nur einfach nicht, und Schubert erwidert mit gütiger Herablassung, schlichtere Gemüter kämen da eben nicht mit.

In Arenzano überlegen sie kurz, ob sie von der Autobahn abfahren und auf der Uferpromenade Möwen beobachten sollen, aber sie sind beide innerlich unruhig und haben es eilig, herauszufinden, ob Georg dort ist, wo sie ihn vermuten.

In Finale Ligure schließlich sitzen die Möwen auf den Mülleimern und Straßenlaternen, und eine verewigt sich sogar im Flug auf ihrer Motorhaube. »So war das nicht gemeint, ihr Arschgeigen«, ruft Schubert nach oben und hält an, um das weiße Etwas mit Küchenpapier aus dem Kofferraum wegzuwischen.

»Violini di Culo«, ruft Paul hinterher.

»Teste di Cazzo«, korrigiert Schubert, »die Arschgeige heißt hier Schwanzkopf.«

Sie fahren bergauf zu einem Ort namens Finalborgo,

wo sie den Wagen vor der Stadtmauer abstellen, weil Schubert sagt, er habe ein Loch im Bauch und müsse zeitnah was essen. Dabei schielt er zur Seite auf Paul, ob der den Gebrauch des Wortes »zeitnah« auch zu würdigen weiß.

Es gibt ein Restaurant mit vier Tischen auf dem kleinen Marktplatz, wo sie Pasta und Salat bekommen. »Ich hab vielleicht noch nie so gut gegessen«, sagt Paul nach dem letzten Bissen. »Die Tomaten sind sensationell.«

»Ich glaube, die sind sogar berühmt«, sagt Schubert.

Der Gedanke, so kurz vor dem Ziel zu sein, treibt sie weiter, obwohl dieser Platz zum Verweilen einlädt, ihre Unrast ist stärker als der Charme dieses Dorfes.

~

Schubert hat sich, bevor das Essen kam, die Karte auf seinem iPad angesehen und sagt, es gäbe nur vier Häuser, die der Beschreibung des Fatzkes entsprächen. Das erste davon hat er markiert, sodass sie sich jetzt von Google dorthin dirigieren lassen. Paul hat das Steuer übernommen, damit Schubert sich auf die Karte konzentrieren kann. Nach kaum zehn Minuten sind sie an der Abzweigung und kurz darauf vor dem ersten der infrage kommenden Häuser.

»Zu groß«, findet Schubert, »und die Nebengebäude sehen nach Landwirtschaft aus. Wenn der Herr Sand hier nur ferienweise aufschlägt, muss das Haus anders aussehen.« Sie fahren weiter. Die Straße ist schmal, Gegenverkehr wäre hier eine Herausforderung.

Das nächste Haus ist kleiner und könnte ein Ferienhaus sein, aber eine weiße Terrasse ist nicht zu sehen. Dafür aber eine Frau, die zu ihrem Auto geht, dessen Kofferraum offen steht, um dort eine Einkaufstasche herauszuheben.

Schubert steigt aus und fragt in seinem perfekten Italienisch nach dem Haus eines Signore Sand oder Signore Müller, und die Frau deutet in Fahrtrichtung die Straße hinauf.

»Perfekt«, sagt Schubert, als er wieder einsteigt, »wie im Kino. Im wirklichen Leben klappert man sechzig Häuser ab, bei uns ist es das dritte.«

»Im Kino streicht man die Suche raus, weil, Zeit ist Geld.«

»Dann eben im Roman.«

Es sind nur etwa hundert Meter, bis das Haus auftaucht. Es hat eine weiße Terrasse und steht praktisch mitten im Wald, die Straße endet hier, und die Novembersonne wirft bizarre Schatten auf den gekiesten Parkplatz. Es sieht bewohnt aus, die Fensterläden sind offen, und auf der Terrasse hinter dem Haus steht eine Flasche Wasser auf einem weißen Metalltisch mit vier Stühlen, aber niemand meldet sich auf ihr Rufen. Es steht auch kein Auto da.

»Was jetzt«, fragt Paul, »warten?«

»Oder ins Dorf gehen und die Läden abklappern oder die Lokale. Sie könnten zum Essen gegangen sein, oder einkaufen.«

»Vielleicht sind sie an uns vorbeigefahren. Ans Meer.«

»Egal«, sagt Schubert, »suchen ist besser als warten.«

Im Dorf gibt es einen Coop und daneben eine Trattoria, aber als sie dort hineingeschaut haben, fällt ihnen auf, dass sie nicht wissen, wie der Herr Sand aussieht. Sie könnten allenfalls Georg entdecken, wenn er mit ihm unterwegs wäre.

Paul fällt ein, dass dann aber ein Auto vor dem Haus hätte stehen müssen. Und zwar eines mit österreichischem Kennzeichen. Entweder der Wagen von Sand oder ein Mietwagen von Georg, sie wären ja nicht in zwei Autos zum Essen gefahren.

In zwei verschiedene Richtungen wär's aber möglich, gibt Schubert zu bedenken, der eine ans Meer, der andere zu seiner Geliebten, aber dann zuckt er die Schultern und sagt: »Warten ist doch besser. Suchen ist Quark.«

Sie fahren zurück, stellen sich auf den Parkplatz, lassen die Fenster herunter und sitzen einfach da, bis sie beide einschlafen. »Das streicht man fürs Kino auch raus«, sagt Schubert noch, nachdem er seine Zigarette auf dem Boden ausgedrückt und im Marmeladenglas entsorgt hat. »Außer wenn gleich der Mann mit Axt und Maske kommt.«

Die Sonne ist hinter einer Gruppe alter Eichen verschwunden, als ein Motorgeräusch sie weckt und gleich darauf der Kies unter den Reifen eines schwarzen Land Rovers knirscht. Der Mann, der aussteigt, hat wohl ihr deutsches Nummernschild gesehen, denn er schaut nicht misstrauisch drein, sondern kommt, ohne seine

Wagentür zu schließen, auf sie zu. Er hat langes, dünnes Haar und trägt eine Mütze, die mit Sicherheit eine Glatze verbirgt.

Paul ist ausgestiegen und hebt die Hand zum Gruß: »Wir suchen Georg Abel«, sagt er, »wir sind Freunde von ihm, und es hieß, er könnte hier sein.«

»War er auch«, sagt der Mann, »bis gestern Morgen. Dann ist er wieder los.«

»Schaller«, sagt Schubert und deutet auf sich und dann: »Fehrenbach«, und deutet auf Paul.

»Müller«, sagt der Mann, und sie schütteln Hände.

»Hat er vielleicht gesagt, wo er hinwill?«, fragt Schubert, »er hat sein Handy aus, und wir erreichen ihn nicht.«

»Nein. Er hat nur gesagt, er will weiter, nicht wohin. Ich nehme an, nach Frankreich rüber, aber wir haben nicht darüber geredet. Er hat überhaupt nicht viel geredet. Ich hab ihn gefragt, ob er Kummer hat, aber er hat nur gesagt, er muss nachdenken. Ich hab ihn in Ruhe gelassen und gedacht, vielleicht kommt er ja von sich aus mit seinem Problem rüber, wenn er so weit ist.«

»Seine Frau ist gestorben.«

»Um Gottes willen«, sagt Sand, »Malin? Das ist grauenhaft.«

»Wir sind hinter ihm her, weil wir denken, er braucht uns vielleicht«, sagt Paul, und Schubert fügt hinzu: »und ist zu stolz, um sich zu melden.«

»Wenn ich jetzt dran denke«, sagt Sand, »dann hat er auf mich eher verwirrt als verstört gewirkt. So als müsse er wirklich nur nachdenken und könne sich nicht so recht darauf konzentrieren. Haben Sie denn Angst, er bringt sich um? Er hat seine Malin vergöttert. Umgekehrt schien mir das nicht so der Fall, aber ich hab sie nicht gut gekannt. Nur ein paarmal gesehen bei offiziellen Anlässen.«

»Geht uns auch so«, sagt Schubert, der sich schon die nächste Zigarette anzündet.

»Sind Sie Schubert und Paul?«, fragt Sand, »er hat manchmal von ihnen erzählt. Er hat mir auch eine CD geschenkt mit der Musik zu diesem Boxerfilm.«

Beide nicken. Sand fragt, ob sie reinkommen wollen und was trinken, und Schubert antwortet nach einem Seitenblick auf Paul »ja gern«.

Nachdem er einen Karton Wein vom Beifahrersitz genommen und sich unter den Arm geklemmt hat, schlägt er die Wagentür zu und nickt in Richtung Haus. »Gehen Sie voraus, ist offen«, sagt er und fasst in seine Hosentasche, um dort auf den Knopf seines Autoschlüssels zu drücken. Das Klacken der Schließanlage ertönt, bevor er die Hand wieder herausgenommen hat.

Sein Auto schließt er ab, die Haustür nicht, denkt Paul, sagt das was aus über die Gegend hier, oder über den Mann?

Mit einem Tablett, auf dem Campari, Mineralwasser, eine Flasche Weißwein und ein Schälchen mit Eiswürfeln stehen, kommt er heraus auf die Terrasse, wohin er sie gleich nach dem Betreten des Hauses dirigiert hat, und verschwindet noch einmal in die Küche, um einen Aschenbecher und Gläser zu holen.

»Das war pietätlos von mir, gleich über Georgs Frau zu meckern«, sagt er, »jetzt schäm ich mich dafür.« Er setzt sich, nur um sofort wieder aufzustehen, weil ihm noch eingefallen ist, dass er Brot und Oliven holen will.

Als der hagere, asketisch wirkende Mann schließlich sitzt und sie sich eingeschenkt haben – Paul Campari mit Wasser und die beiden anderen Wein –, spricht Sand weiter: »Jetzt hab ich auch Angst um ihn, Sie haben mich angesteckt, ich hätte ihn eindringlicher aushorchen müssen. Vielleicht hätte er mir ja gesagt, was los ist.«

»Er wollte nicht«, sagt Schubert, »sonst hätte er.«

Sand nickt. Mehrmals, als überprüfe er diese Aussage und pflichte ihr nur widerwillig bei.

»Stimmt sicher. Wenn wir zusammen sind, bin ich es, der labert, und Georg tut so, als interessiere es ihn. Mehr oder weniger.« Er scheint in sich hineinzuhorchen und fährt dann fort: »Als Verhörspezialist hätte ich es wohl zu nichts gebracht. Ich bin ein Schwätzer.«

»Na, das ist mal ne Beichte«, sagt Schubert, der sich vielleicht ertappt fühlt, jedenfalls hat er einen kleinen, unsicheren Seitenblick auf Paul geworfen, der aber fast unmerklich den Kopf schüttelt.

»Ich fürchte mehr, dass es ihm schlecht geht, dass er vor lauter Unglück nicht weiß, was er tun soll, ich hab jetzt keine Angst mehr, dass er sich was antut. Das hätte er nämlich zu Hause können. Dafür muss er nicht erst wegfahren.«

»Ich hoffe, Sie haben recht«, sagt Sand und schüttet den Inhalt seines Weinglases bis auf die Eiswürfel in den Mund.

»Saint-Paul-de-Vence«, sagt Paul jetzt, und trinkt ebenfalls sein Glas leer.

»Und wenn er dort nicht ist, weiter nach Westen«, sagt Schubert, »Saint-Tropez, Avignon, Hauptsache wir tun was und raufen uns nicht nur die Haare.«

»Geben Sie mir Bescheid, wenn alles gut gegangen ist?« Sand holt einen Zettel mit seiner Telefonnummer aus der Küche, während sie durch das dunkle Haus zur Vordertür gehen. Paul nimmt ihn entgegen, Sand wünscht ihnen Glück und bleibt in der Tür stehen, bis sie eingestiegen sind.

Als sie losfahren, winkt er ihnen nach. Schubert lässt sein Fenster runter und winkt auch, bevor sie die Kurve erreichen. »Guter Mann«, sagt er, »kein Fatzke.«

Die Sonne ist hinter den Alpi Liguri verschwunden, als sie in Finale auf den Parkplatz des Grand Hotel Moroni einbiegen. Nur zwei Autos stehen hier, und die sehen nach Handwerker oder Hausmeister aus, also fahren sie gleich weiter. Auch das nächste große Hotel hat geschlossen, und sie fahren die Uferstraße weiter ab, bis sie ein Hotel Europa finden, das geöffnet hat und einen halbwegs einladenden Eindruck macht.

»Und was jetzt?«, fragt Paul, nachdem sie ihre Zimmer bezogen und sich in der Lobby jeder ein kleines Glas Wein bestellt haben, »Einfach immer weiter nach Westen?«

»Strandspaziergang«, sagt Schubert, »und nachdenken. Dann essen. Dann schlafen. Ich hab keine Ahnung, was wir tun sollen.«

»Immerhin waren wir auf der richtigen Spur.«

»Und er ist nur verwirrt, nicht verstört.«

»Wenn der Sand das richtig sieht, er ist vielleicht kein großer Menschenkenner.«

»Aber er ist ein Freund. Er mag Georg.«

»Und der bringt sich nicht um, das hab ich jetzt beschlossen. Basta.«

»Sucht nur sein Gleichgewicht.«

»Und findet's hoffentlich.«

»Oder hat schon. Und ist auf dem Heimweg.«

Sie trinken aus und gehen nach draußen. Es ist kühl, deshalb nehmen sie ihre Mäntel aus dem Auto und ziehen sie an.

Bis auf eine Joggerin mit einem fröhlich voraustrabenden Hund ist niemand am Strand. Badeorte im November strahlen eine erhabene Tristesse aus, noch stolz aber temporär sinnlos, abgeschminkt und müde ducken sie sich weg vom Auge des unzeitgemäßen Betrachters und warten ergeben auf die nächste Saison.

Paul gefällt dieser Dämmerzustand, in dem prachtvolle Häuserzeilen demütig wirken und das eigentliche Leben stillsteht. Das Fehlende bestimmt die Empfindung. Die Schreie spielender Kinder, das Knattern der Motorroller, die Rufe der Eisverkäufer, das bunte Durcheinander der sommerlichen Gäste, das alles fehlt und ist gerade deshalb präsent.

»Meinst du wirklich, er ist nach Saint-Paul gefahren?«, fragt Schubert.

»Vielleicht ja, vielleicht nein«, sagt Paul, »aber jetzt

sind wir schon hier. Da können wir's auch durchziehen.«

Die Joggerin hat umgedreht und kommt ihnen jetzt entgegen. Ihr schwarz-weißer Hund macht einen kleinen Umweg, um zu prüfen, ob Schubert und Paul vielleicht etwas Schmackhaftes anzubieten haben, aber als sie beide ihre leeren Hände vorzeigen, macht er einen kleinen Sprung und rennt weiter, um seine Herrin einzuholen, die durch seine kleine Pause einen Vorsprung gewonnen hat.

»Ein Gutes hat der Plan«, sagt Schubert, »wir fahren die Via Aurelia. Hier unten. An der Küste. Das sind vielleicht die letzten blauen Tage für längere Zeit.«

»Wir könnten das auch einfach so tun. Für uns. Zum Spaß.«

»Nein. Ohne Ausrede geht nicht. Nicht, solang wir nicht wirklich sicher sind, dass er okay ist. Wir fahren dann zum Spaß mit ihm. Ein andermal.«

Große Hoffnung, ihn zu finden, haben die beiden nicht, auch wenn Saint-Paul-de-Vence nicht sehr groß ist und auch dort die meisten Hotels geschlossen haben werden. Wenn er dort hingefahren ist, kann er längst wieder weg sein, oder er spaziert hinter der nächsten Straßenecke in die Gegenrichtung. Aber jetzt aufzugeben wäre einfach nicht in Ordnung

Als die Joggerin ein drittes Mal an ihnen vorbeikommt, sind sie hungrig genug, um sich nach einem Restaurant umzusehen, und nachdem sie gegessen und getrunken haben, merken sie, dass sie auch müde genug sind, um jetzt schon schlafen zu gehen. Es ist erst kurz nach zehn, aber der Tag hat nichts mehr zu bieten, also gehen sie noch einmal die Uferpromenade ab von einem Ende zum andern und dann zum Hotel und ins Bett.

Noch als Dozentin in Freiburg war Ellen mit einem Klaviertrio zum Festival nach Avignon eingeladen worden. Georg hatte angeboten, sie zu begleiten, weil sie gerade Liebeskummer hatte. Der Geiger aus Berlin war schon vor längerer Zeit als Schuft entlarvt worden und mit seiner Professorin zusammen, und sein Nachfolger, auch ein Geiger, hatte sich den Versuchungen des Tourneelebens nicht enthalten können. Und da ein Kollege im Orchester unsterblich in Ellen verliebt war, flogen die Groupieabenteuer auf. Dieser Kollege war der Sohn einer Patientin von Carolin, und von ihr erfuhr Ellen, dass er die Hoffnung gehegt hatte, sie in ihrem Unglück trösten zu dürfen. Und dass diese Hoffnung sich ebenso zerschlug wie die, eines Tages Konzertmeister zu werden, weil der verratene Erste Geiger fortan gegen ihn intrigierte und es bald schaffte, ihn ganz aus dem Orchester zu mobben.

Carolin hatte, als Ellen ihr von der Einladung erzählte, gefragt, ob sie und Schubert denn auch willkommen seien. Sie wusste, dass Malin in Buenos Aires bei der Hochzeit ihrer Nichte sein würde, sonst hätte sie diese Idee nicht geäußert. Für einen dieser verkrampften Abende mit Malin war sie nicht mehr zu haben, und schon gar nicht freiwillig. Ellen hatte sich gefreut und ja gesagt, und so fragte man auch Paul, ob er sich loseisen könne, für eine Woche Südfrankreich.

Georg und Ellen holten ihn in München ab, sie übernachteten in Besancon und fuhren anderntags durch bis zum Ziel. Das Auto, das Georg hierfür gemietet hatte, war ein luxuriös ausgestatteter Mercedes Transporter, in den sie alle fünf passen würden, weil Carolin und Schubert nach Marseille geflogen und von dort mit der Bahn gekommen waren.

In diesem Jahr würden sie alle ihren sechzigsten Geburtstag feiern, Carolin in dieser Woche und Georg im September. Paul und Schubert hatten es schon hinter sich, und behaupteten, es täte nicht weh.

Schubert hatte noch ein Hotelzimmer für sich und Carolin im völlig ausgebuchten Avignon ergattert, Georg konnte bei Ellen auf dem Sofa schlafen, aber Paul musste in die Nachbarstadt Tarascon ausweichen, wo er in einem kleinen Hotel unterkam, dessen Charme er allerdings nicht genießen konnte, weil Georg mit dem Auto unten wartete, um ihn zum Konzert zu fahren. Und nachts, nachdem er ihn wieder hergebracht und sich unterwegs mit Lob und Begeisterung für seine tolle Tochter wachgehalten hatte, fiel Paul nur noch todmüde ins Bett.

Er war schon fast eingeschlafen, da streifte ihn noch der Gedanke, dass der stolze, verliebte Vater ein Geschenk sei. Nicht nur für seine Tochter, die sich, von seiner Anerkennung und Zuneigung gestärkt, vor ein großes Konzertpublikum wagte, sondern auch für seine Freunde, die einen so rückhaltlos Liebenden in ihrem Leben wussten.

~

Am nächsten Tag fuhren sie nach Arles und ein paar Stunden später weiter nach Aix-en-Provence, wo sie den Abend und die Nacht verbrachten, Ellens Konzert und Carolins Geburtstag mit einem Essen unter Platanen feierten, eine Flasche Champagner und zwei Flaschen Wein tranken und ein wenig unsicher auf den Beinen zum Hotel zurückfanden.

Das heißt: Carolin, die nie Alkohol trank, nahm nur einen symbolischen Schluck vom Champagner, Georg wollte am nächsten Tag fit sein und hielt sich deswegen auch zurück, sodass der Rest in den Kehlen von Ellen, Paul und Schubert verschwand. Also waren auch nur diese drei leicht instabil auf dem Heimweg.

~

Die beiden Frauen wollten unbedingt nach Saint-Tropez, um dort die Läden abzuklappern, also quälten sie sich anderntags am späten Vormittag durch den kilometerlangen Stau vor der Stadt und nahmen sich vor, nie wieder an einem Samstag im August herzukommen.

Die drei Männer separierten sich und bestaunten die Jachten am Hafen, die Maseratis, Bentleys und Ferraris an der Place des Lices und sahen sich das kleine Museum in einer ehemaligen Kapelle an.

Eigentlich hatten sie vorgehabt, hier für eine Nacht zu bleiben, aber es war so voll, dass sie gar nicht erst versuchten, ein Hotel zu finden. Als Carolin und Ellen am Nachmittag mit etwas Beute wieder zu ihnen stießen, brachen sie auf und fuhren weiter bis Saint-Paul-de-Vence.

Das Navi in Schuberts iPad hatte behauptet, die Fahrt dauere knapp zwei Stunden, aber es waren fast vier, als sie endlich dort ankamen, also nahmen sie sich auch noch vor, nie wieder an einem Samstag im August die Côte d'Azur entlangzufahren.

Schuberts iPad hatte auch für die Buchung eines Hotels hergehalten, und sie konnten ihr Glück kaum fassen, als sie davorstanden, als sie eintraten, als sie den Garten mit Pool sahen, und schließlich als sie ihre Zimmer in Besitz nehmen durften.

Das *Colombe d'Or* war voller Kunst, Picasso, Matisse, Chagall, Dubuffet, Miro, es war ein Privileg, solch einen schönen Ort betreten zu dürfen. Ein teures allerdings, aber das war es ihnen wert, und sie blieben drei Tage.

~

Georg war als einziger Fahrer im Mietvertrag des Wagens eingetragen, und es war nicht einfach, ihn hin und wieder für einen Ausflug zu gewinnen, weil er nicht genug von der Fondation Maeght, der Matisse-Kapelle und den anderen Kunst-Orten in der Stadt bekommen konnte. Er war wie damals in Florenz in einer Art Trance und ging wieder und wieder los, um noch einmal zu sehen, was er schon zweimal oder dreimal gesehen hatte.

Aber Schubert wollte die Villa Nellcote besuchen, in der die Rolling Stones ihr Album *Exile on Main Street* aufgenommen hatten, also lockten sie ihn damit, dass das Musée Matisse praktisch auf dem Weg läge, und fuhren zu dritt los, während Ellen und Carolin sich mit ihren Büchern am Pool einrichteten.

Die Villa entpuppte sich als unbetretbar, weil bewohnt, und Schubert stand ein paar Minuten andächtig vor dem schmiedeeisernen Tor, aber er war zufrieden damit und saß hinterher verträumt und abwesend hinten im Wagen, bis er unvermittelt darüber zu räsonieren begann, dass die Drogen einige der größten Künstler umgebracht hätten.

»Die haben sich selber umgebracht«, korrigierte Georg, »die Rolle der Drogen war passiv.«

»Das wäre jetzt aber ein Satz für Paul, den Besserwisser, gewesen«, fand Schubert, und Georg erklärte sich bereit, das Urheberrecht abzutreten. »Ordnung muss sein«, sagte er, »wo kämen wir da hin, wenn der Maler den Satz vom Lektor sagt.«

Auf dem Parkplatz vor dem Hotel, als er den Wagen abschloss und Schubert und er sich Zigaretten anzündeten, während Paul die beiden im Museum gekauften Bücher unter den Arm klemmte, sagte Georg: »So muss man leben.«

»Tun wir doch«, sagte Schubert.

»Ich wollte eigentlich sagen, dass ich euch liebe.«

»Hast du«, sagte Schubert grinsend, »wir dich auch.«

Zwei Uhr siebzehn zeigt die Uhr auf dem Handy, als Paul vom leisen, aber beharrlichen Klopfen an seiner Tür erwacht. Das kann nur Schubert sein, also geht Paul so wie er geschlafen hat, in Unterhose und T-Shirt zur Tür.

»Er ist bei Caro«, sagt Schubert, »sie hat gerade angerufen. Er schläft jetzt. Er ist kurz nach elf vor der Tür gestanden und hat gesagt, er wolle allein sein, aber er könne nicht allein sein. Sie hat ihm Brote gemacht und Spiegeleier, dann einen Whisky hingestellt, der schon seit Jahren bei uns vor sich hin gammelt, und zugehört.«

»Hat sie gesagt, wie es ihm geht?«

»Gut. Er sagt, er ist nicht traurig und nicht verzweifelt, er glaubt, das kommt später. Er ist nur in einer falschen Umlaufbahn. Alles ist irgendwie unecht. Oder durchsichtig. Oder vielleicht auch immateriell. Er weiß, dass er nach Wien zurückmuss, er weiß, dass er Ellen zur Seite stehen und seine Frau begraben muss, aber er kann es erst jetzt. Er musste erst ein paar Tage lang die Umlaufbahn wechseln, um zu verstehen, dass er ab jetzt allein sein wird.«

»Er ist nicht allein.«

»Den Satz würdest du jederzeit streichen, oder? Er fühlt sich allein, also ist er's. Was wir dazu meinen, spielt keine Rolle.«

»Denkst du er haut wieder ab? Morgen, wenn er ausgeschlafen hat und immer noch alles immateriell ist?«

»Nein. Caro sagt, er wirkt erleichtert und wie befreit. Und ich bin's auch, weil ich weiß, dass er bei ihr in guten Händen ist. Sie sagt ihre Termine für die nächsten Tage ab und fährt mit ihm nach Wien. Und wir fahren da auch hin. Und sehen dann, wie wir ihn unterstützen können.«

Eine Zeit lang sitzen sie da und schweigen, Schubert bekleidet auf dem Sessel und Paul im Schlafdress auf dem Bett, bis ihm kühl wird und er die Decke um sich legt. »Ich lass dich weiterschlafen«, sagt Schubert und steht auf. »Morgen dann Roadmovie Teil zwei.«

*

»Wenn wir es bis Villach schaffen«, sagt Schubert beim Minimalfrühstück, das sie wieder vor der Hoteltür zu sich nehmen, »dann können wir im Warmbader Hof übernachten. Schönes Hotel. Für alte Leute wie uns. Und morgen vor dem Weiterfahren noch ein bisschen im Thermalwasser schwimmen.«

Es ist wieder früh, zehn nach sieben, und als sie losfahren, die Aurelia entlang nach Osten, herrscht nur wenig Verkehr, der erst nach und nach zunimmt, als sich immer mehr Lastwagen am Geschehen beteiligen.

»Ich glaube, ich will auch so ein Auto«, sagt Schubert, der wieder am Steuer sitzt. »Als Altersbelohnung.«

»Damit fährst du aber nicht nach Berlin«, sagt Paul, »die fackeln dir das ab.«

»Dafür halte ich dann eine Schrottkarre vor. Mit

Antifa-Zeichen auf der einen Tür und Che Guevara auf der anderen.«

»Damit kannst du dann nicht aufs Land.«

»Damit kann ich leben.«

Hinter Arenzano biegen sie nach Norden ab, um, so wie sie hergekommen sind, die Autobahn Richtung Alessandria zu nehmen und den Knotenpunkt Genua zu umgehen.

Als Schuberts Handy klingelt, gibt er es Paul, damit der für ihn abnimmt. »Fehrenbach, Apparat Schaller«, sagt er, weil er eigentlich mit Carolin rechnet, aber es ist der Schwager mit Neuigkeiten. Dass Georg in der Nacht zurückerwartet wird, weiß er schon, aber dass am Mittwoch um elf Uhr dreißig die Beerdigung stattfinden soll, ist neu. Ellen sitzt im Flugzeug und weiß Bescheid, denn Carolin hat auch mit ihr telefoniert. Paul sagt, am Mittwoch seien auch sie wieder da, falls sie dann noch bei irgendetwas helfen könnten.

»Die Buschtrommel funktioniert«, sagt er, nachdem er aufgelegt hat, und setzt Schubert ins Bild.

~

»Sind wir jetzt eigentlich gescheitert, oder hatten wir Erfolg?«, fragt Schubert, als sie die erste Area Servizio anfahren, um zu tanken und einen Kaffee zu trinken.

»Es ist gut ausgegangen«, antwortet Paul, »bevor du jetzt wieder einen Schrödinger draus machst.«

»Das hatte ich vor«, sagt Schubert lächelnd, und gibt Paul den Autoschlüssel. Wieso er ihn nie einsteckt, ist ein kleines Rätsel für Paul, aber er will es nicht lösen.

Er würde am liebsten immer so weiterfahren. Diese Unterbrechung seines Rentnerlebens, an das er sich noch nicht so ganz gewöhnt hat, ist wie ein Luftzug an einem drückend heißen Tag. So sehr er sich das Alleinsein als etwas Gutes und Erstrebenswertes vorgestellt hat, so sehr genießt er jetzt gerade das Reden und Schweigen mit Schubert und die Aussicht, auch Georg, Carolin und Ellen zu sehen, es ist wie eine Rückkehr ins richtige Leben.

Dabei waren die Zusammenkünfte dieser Wahlfamilie immer die Ausnahme, nie die Regel, man traf sich zu Festen oder gemeinsamen Reisen, zu Ereignissen, die für einen von ihnen von Bedeutung waren, wie die Oscar Verleihung oder das Konzert in Avignon, und manchmal lag ein ganzes Jahr zwischen zwei Treffen. Aber immer war ihr Zusammensein selbstverständlich, keiner musste sich erklären, die anderen auf den neuesten Stand bringen, oder sich zu irgendetwas positionieren, die Intervalle zwischen ihren Begegnungen spielten nie eine Rolle.

Schubert, der Paul das Steuer wieder überlassen und sich mit seinem iPad um das Hotel gekümmert hat, tauscht jetzt Textnachrichten mit Carolin aus. Von Beifahrersitz zu Beifahrersitz, wie er sagt, die beiden sind schon kurz vor Dresden und fahren über Prag.

»Er will uns nicht bei der Beerdigung dabeihaben. Er sagt, wir mochten sie nicht.«

»Da ist ja auch was dran«, sagt Paul, »kann man verstehen.«

»Verstehen von mir aus, aber nicht billigen. Wir sind seinetwegen durch halb Europa gefahren, wollten ihm helfen, falls er uns gebraucht hätte, wir sind da für ihn, und er erteilt uns einfach so einen Platzverweis?«

»Er trauert«, sagt Paul, »er hat Schonzeit.«

»Caro meint, wir warten dann in seiner Wohnung auf ihn.«

»Also nur ein Platzverweis und kein Hausverbot.«

»Er sagt, er ist froh, dass wir da sind.«

Es ist ein Zustand zwischen Anspannung und Erleichterung, den Paul bei sich feststellt. Die Möglichkeit, dass Georg doch noch zusammenbricht, und die Angst, nicht zu wissen, was dann zu tun wäre, ist genauso präsent wie das Zutrauen in Schubert, Ellen und vor allem Carolin. Einer von ihnen wird das Richtige tun oder sagen, ihn stützen oder halten oder aufbauen. Oder alle gemeinsam. Vielleicht reicht es, dass sie da sind.

Ob Schubert daran denkt, wie es wäre, wenn er Carolin so verlöre? Paul fragt nicht. So etwas beschwört man nicht.

»Caro hat uns damals auseinandergebracht«, sagt Schubert jetzt, als hätte er Pauls Gedanken gelesen, »und sie hat uns zusammengehalten.«

»Schrödinger?«

»Nein«, Schubert lacht laut, »war ja nicht gleichzeitig.«

~

Sie widerstehen der Verlockung in Verona und später auch Vicenza abzufahren, weil die Aussicht auf das, was sie an ihrem Ziel erwartet, nämlich ein trauernder Vater und eine trauernde Tochter, es ihnen auf schwer fassbare Weise zu verbieten scheint, sich wie Ferienreisende zu fühlen.

Der Verkehr ist dicht, und bis zum frühen Nachmittag, als sie an Venedig vorbei sind, ändert sich daran nichts. Sie stoppen alle zwei Stunden für Kaffee und einmal Tramezzini, wechseln sich am Steuer ab und reden wenig.

Nur wenn Schubert sich mit Carolin ausgetauscht hat und etwas Neues berichten kann, unterbricht er die einvernehmliche Stille, zum Beispiel mit der Nachricht, dass nur Georg, Ellen, zwei Freundinnen von Malin und der Schwager bei der Beerdigung sein werden. Der andere Schwager, der in Argentinien lebt, liegt im Krankenhaus, und der Rest der Familie kann sich nicht losreißen.

»Ich glaube, Georg ist das recht«, sagt Paul.

So wie er ihn kennt, ist Georg einer, der sich wie ein wildes Tier zurückzieht und versteckt, wenn es Wunden zu lecken gilt. Eigentlich erstaunlich, dass er sagte, er freue sich, dass sie da sein werden. Vielleicht hofft er darauf, dass ihre Gegenwart das Irreale oder Durchsichtige von ihm fernhalten wird.

~

Das Hotel liegt in einem Kurgebiet am Stadtrand umgeben von Sanatorien, Kliniken und anderen Hotels.

Jetzt weiß Paul, was Schubert damit gemeint hat, es sei für alte Leute. Es hat den behäbigen Charme einer großbürgerlichen Fluchtburg fernab der vulgären Massen. Es passt zum Auto, findet er, wenn auch nicht zu ihm. Und auch nicht zu Schubert, dessen adlige Mutter ihm wohl keine schnöseligen Allüren beigebracht hat. Herablassend oder arrogant ist Schubert allenfalls ironisch oder gegenüber Leuten, die sich ihrerseits für etwas Besseres halten.

Als sie ihre Zimmer bezogen haben und Schubert vorschlägt, einen Spaziergang zum Fluss zu machen, wo man sich noch vor Ladenschluss eine Badehose kaufen könne, falls man ein bisschen schwimmen wolle, winkt Paul ab. Spaziergang ja, findet er, aber schwimmen muss nicht sein. Das hat er zu Hause zweimal in der Woche.

Also gehen sie in die Gegenrichtung, weg von der Stadt über gepflegte Wege durch einen Park und einen Mischwald, dessen Laubbäume sich kahl von den Nadelbäumen abheben.

»Riecht nicht mehr nach Italien«, sagt Paul, als ihm das Feuchte und Modrige der Umgebung ins Bewusstsein dringt und sich das anfühlt wie ein kleiner Verlust.

Zurück beim Hotel hat Schubert wieder Netz und kann Carolins letzte Botschaft lesen. Georg und Ellen seien angekommen und traurig, aber nicht verzweifelt, sie hätten ihren Frieden gemacht mit dem Verlust. Die Beerdigung solle ohne Ritual, ohne Priester oder

Rede oder Musik stattfinden. Sie würden die Urne von der Kapelle zum Grab tragen, dann jeder einen Blumenstrauß ins Grab legen und an Malin denken. Sonst nichts.

Schubert schüttelt den Kopf und verzieht das Gesicht zu einer fatalistischen Grimasse.

»Was?«, fragt Paul.

»Sie kommt wieder damit, dass ich sie mit einer Heizdecke begraben müsse, damit sie nicht friert.«

»Und das willst du nicht?«

»Ich will sie nicht begraben.«

~

Ein Abendessen und einen weiteren Spaziergang später stellt Paul bei sich etwas wie Enttäuschung fest, das er nicht versteht. Das Ganze ist doch gut ausgegangen, wieso fühlt es sich dann an, als hätten sie versagt? Weil sie Georg nicht im letzten Moment vom Rand einer Klippe zurückgerissen haben? Weil sie ihn nicht nächtelang mit scheinbar lakonischen, aber in Wirklichkeit einfühlsamen Worten zum Weiterleben überredet haben? Er ist von selbst wieder in die Spur zurückgekommen, das ist das, worauf sie gehofft haben und wofür sie, wären sie gläubig, gebetet hätten.

Oder ist es nicht Enttäuschung, sondern vielmehr Verlust? Aber Malin wird ihm nicht fehlen. Mitgefühl? Georgs Leben wird sich ändern. Er wird manches neu lernen müssen: Allein zu sein, für alles allein verantwortlich zu sein, in eine leere Wohnung zu kommen, abends in einem leeren Bett einzuschlafen und morgens in einer leeren Küche die Kaffeemaschine anzuschalten, Georg hat einen Verlust auszuhalten, nicht Paul.

Vielleicht ist das, was Paul fühlt, aber auch die Erkenntnis, dass die Zeit knapp wird, der Blitz jederzeit einschlagen kann, dass sie einander unweigerlich verlieren werden und Georg nur der Erste ist, der das erfährt. Gedacht und ausgesprochen hat Paul das schon manchmal, kommt es jetzt erst richtig bei ihm an? Brauchte es dazu ein Beispiel?

Sie frühstücken wie normale Menschen, als wollten sie ihre Ankunft in Wien noch ein wenig hinauszögern. Eier mit Schinken, Obst und Orangensaft. Zu reden gibt es nichts, wie immer zu dieser Tageszeit, Schubert allerdings schreibt sich SMS mit Carolin, sodass Paul sich in Ruhe auf das Abklingen dieses seltsamen Gefühls vom Abend zuvor konzentrieren kann. Es war vielleicht Angst, fällt ihm ein, Angst vor dem Sterben.

Was auch immer es gewesen sein mag, es nimmt ab und verschwindet, noch während er zwei Melange für Schubert und sich bestellt, mit denen sie dann nach draußen gehen, damit dieser seine Startmenge an Zigaretten inhalieren kann.

»Wieso haben wir eigentlich nie über eine Alters-WG nachgedacht?«, fragt Schubert, als sie schon fast eine

Stunde lang schweigend gefahren sind. Schubert auf dem Beifahrersitz, um keine SMS von Carolin zu verpassen, und Paul am Steuer, was ihm angesichts von Schuberts Begeisterung für dieses Auto wie ein Privileg vorkommt.

»Weil wir nicht mit Malin zusammenleben wollten?«

»Ja. Aber jetzt?«

»Ist es zu spät«, sagt Paul. »Wir haben jeder für sich das Nest gebaut, in dem wir unsere vielleicht nur noch kurze Zukunft verbringen wollen.«

»Das sagst du.«

»Willst du noch nach einem Schloss in Frankreich oder einer alten Fabrik an der Grenze zu Polen suchen?«

»Nein. Aber ich will euch öfter sehen. Dich und Georg«, sagt Schubert, also sind ihm wohl ähnliche Gedanken durch den Kopf gegangen wie Paul am Abend zuvor.

»Dann machen wir das«, sagt Paul, »wir treffen uns alle paar Wochen, bei mir, bei euch, bei Georg. Wir sind alle nicht arm und können uns das Fahrgeld leisten.«

Es ist kurz vor zwölf, als sie den südlichen Rand von Wien erreichen, und sie brauchen noch mehr als eine halbe Stunde bis zum Parkhaus unter dem Museumsquartier. Der Himmel ist bedeckt, und es riecht nach Regen, als sie aus dem Untergrund ans Tageslicht kommen. Ihre Koffer haben sie im Auto gelassen, weil Schubert nicht weiß, ob Carolin schon ein Hotel gebucht hat. Es gab die ganze Zeit Wichtigeres zu bereden, und seit etwa einer Stunde erreicht er sie nicht mehr, weil ihr Akku leer ist. Sie hat das angekündigt, also macht er sich keine Sorgen. Er geht davon aus, dass sie zusammen mit der kleinen Trauergemeinde in der Barnabitengasse wartet.

Sie gehen schneller, als sie sich der Kirche nähern, und Paul entdeckt wieder so ein zwiespältiges Gefühl in seinem Innern, als Schubert kurz darauf die Klingel drückt: Angst vor Georgs Schmerz, und Freude, ihn wohlbehalten wiederzusehen. Die Tür geht auf, ohne dass die Sprechanlage ins Spiel kommt.

Georg steht schon in der Tür, als sie den Hof betreten, Hose und Rollkragenpullover in Schwarz, ohne Jackett und barfuß.

»Tut mir leid, was du gerade durchmachst«, sagt Schubert, als sie bei ihm angekommen sind und einander in die Arme nehmen. »Mir auch«, sagt Paul, als er dran ist, und als sie sich voneinander lösen, sagt Georg: »Und mir tut's leid, dass ich euch Angst gemacht hab.«

Drinnen ist alles so, wie Paul es in Erinnerung hat. Die helle loftartige Küche im Erdgeschoss ist aufgeräumt und sauber, der breite Durchgang zum Wohnbereich zeigt, dass die Tür zum Garten offen steht, die Espressomaschine, zu der Georg jetzt hingeht, um ungefragt zwei Tassen für sie zu machen, ist wohl neu, denn Paul hat sie kleiner und anders in Erinnerung.

»Wo sind denn alle?«, fragt Schubert, und Georg antwortet: »Evert sitzt schon im Flieger, und die Frauen holen Pizza.«

Als er die beiden Espressi vor Paul und Schubert auf die Küchentheke stellt, sagt er: »Du darfst hier rauchen. Das ist jetzt neu. Und ich rauch eine mit.« Und er nimmt ein Päckchen American Spirit aus der Tasche seiner weiten Hose, »wenn du Feuer hast.«

Schubert will ihm gerade das Feuerzeug reichen, als ein Schlüssel in der Tür zu hören ist, und gleich danach Carolin und Ellen dastehen.

Nicht mit Pizzakartons, sondern mit einer schwarzweißen Transportkiste aus Plastik, durch deren Drahtgitter ein kleines ebenso schwarz-weißes Katzengesicht zu sehen ist.

»Die will zu dir, hat sie gesagt.« Carolin geht zur Gartentür und schließt sie, während Ellen die Kiste auf der Küchentheke abstellt und das Gitter öffnet.

Georg setzt sich an die Theke, das Gesicht vor der offenen Tür, und es ist unmöglich zu erraten, was er fühlt. Freude? Ärger? Unverständnis? Er senkt den Kopf und legt ihn auf seine Fäuste. Das Kätzchen lässt sich Zeit, bevor es sich langsam hervorwagt, alle sind still, das Kätzchen schnuppert an Georgs Gesicht, tapst mit der Pfote an seine Nase und setzt sich dann vor ihn, um ihn aufmerksam zu betrachten.

»Das ist übergriffig«, sagt Georg schließlich, ohne den Blick von seinem Gast abzuwenden.

»Dafür sind Frauen da. Fürs Übergriffige«, sagt Carolin.

Sie und Ellen lächeln einander zu. Es ist genauso gelaufen, wie sie es sich erhofft haben. Das Katzenkind ist bei ihm an der richtigen Adresse. Auch Schubert und Paul haben ein Lächeln im Gesicht.

»Was mach ich denn jetzt?«, fragt Georg, ohne sich zu ihnen umzudrehen.

»Weiterleben«, sagt Paul und hat damit einstweilen das letzte Wort.

Ende